KB114695

조돈형 新무협 판타지 소설
FANTASTIC ORIENTAL HEROES

장강삼협 9

조돈형 新무협 판타지 소설

초판 1쇄 찍은 날 § 2013년 5월 23일
초판 1쇄 펴낸 날 § 2013년 5월 30일

지은이 § 조돈형
펴낸이 § 서경석

편집부장 § 권태완
편집책임 § 박우진

펴낸곳 § 도서출판 청어람
등록번호 § 제1081-1-89호
등록일자 § 1999. 5. 31
어람번호 § 제2-2341호

주소 § 경기도 부천시 원미구 심곡2동 163-2 서경B/D 3F (우) 420-822
전화 § 032-656-4452 팩스 § 032-656-4453
http://www.chungeoram.com
E-mail § chungeorambook@daum.net

ISBN 978-89-251-3302-7 04810
ISBN 978-89-251-2574-9 (세트)

巫山三峽
조돈형 新무협 판타지 소설
[2부] 9
FANTASTIC ORIENTAL HEROES
장강삼협
長江三峽
청람

제1장	대홍채(大洪寨)	7
제2장	동행(同行)	47
제3장	화산(華山)의 치욕(恥辱)	79
제4장	소사숙(小師叔)	113
제5장	초석(礎石)	151
제6장	빙검(氷劍)의 후예(後裔)	207
제7장	정무맹(正武盟)	257

第一章
대홍채(大洪寨)

호북성 경산의 낙월객점(落月客店).

　이름은 제법 운치가 있었지만 건물은 거의 쓰러지기 일보
직전이었고 그나마도 청소가 제대로 되지 않아 지저분하기
그지없던 낙월객점에 십 년 만에 한 번 올까 말까 한 행운이
찾아온 것은 정확히 이틀 전, 무려 오십 명이 넘는 인원이 한
꺼번에 들이닥치면서였다.

　오고가는 손님이 워낙 없다 보니 그저 하나밖에 없는 점소
이를 닦달하는 것을 소일 삼아 하루를 보내던 주인의 입은 쫙
찢어져 귓가에 걸렸고 매일같이 구박만 받던 어린 점소이는

심부름을 해주고 받은 동전을 짤랑거리며 발이 보이지 않을 정도로 바쁘게 뛰어다녔다.

"아홍아."

주방에서 열심히 돼지고기를 볶고 있던 주인이 술병을 들고 뛰어가던 점소이를 불렀다.

"예. 어르신."

"이놈이! 그 어르신 소리는 하지 말라니까. 그냥 주인아저씨라고 부르라고."

주인이 쌍심지를 켜고 소리쳤다. 혹여나 어르신이라는 말이 객점에 묵는 이들의 심기를 거스를까 걱정한 것이다.

그런 주인의 마음을 꿰뚫어본 아홍이 비웃음을 짓다 얼른 지우고 고개를 숙였다.

"예. 주인아저씨."

"끝방으로 가져가는 길이지?"

"예."

"별다른 말씀은 없고?"

"예. 그냥 술이나 가져오라는 말뿐이었습니다."

"알았다. 조심해서 가지고 가. 행여나 트집 잡히지 말고."

끝방에 머무는 사람이 일행의 수장이라는 것을 상기한 주인이 굳은 표정으로 당부를 했다.

"예~ 이."

건성으로 대답한 아홍이 이 층으로 올라가자 못마땅한 표정으로 지켜보던 주인은 이내 표정을 고치고 열심히 돼지고기를 볶기 시작했다. 자신에게 안겨온 행운이 금방 사라지지 않기를 빌고 또 빌면서.

"아직도 소식이 없는가?"

아홍이 놓고 간 술을 가볍게 따라 마시던 사내, 사천의 조그만 상단에서 이제는 중원에서 열 손가락 안에 드는 거대 상회로 변한 풍림상회의 주인 종리구가 일행의 안전을 책임지고 있는 호위대장에게 물었다.

"아직 도착하지 않으신 것으로 압니다."

"혹 엇갈린 것은 아닌가?"

"아이들이 길목마다 지키고 있으니 그건 아닐 겁니다."

"지킨다고 확실한 것은 아니지. 나나 자네야 맹주님의 얼굴을 알고 있지만 밑에 있는 아이들은 아니지 않은가? 그저 덩치가 큰 분을 모셔오라는 것이 전부니 말일세."

"가냘픈 사내가 도복을 입고 있다는 것도 있지요."

호위대장 서평(徐平)이 웃으며 말했다.

서평은 과거 호천단에 속했었는데 믿을 만한 사람을 보내 달라는 종리구의 요청에 장청이 호천단주와 상의하여 특별히 골라 보내준 인물이었다.

서평은 비록 이십대 중반의 나이였으나 장강수로맹에서도 가장 강한 전투력을 지닌 호천단에서 다섯 손가락 안에 들어 갔던 실력자였다.

"너무 걱정 마십시오. 우리가 무작정 기다리는 것도 아니고 맹주님과 사전에 약속이 되어 있지 않습니까? 곧 오실 겁니다."

"그렇긴 하네만."

단 몇 년 사이에 사천을 틀어쥐고 중원상계에도 두각을 나타내고 있는 풍림상회의 주인이었지만 유대웅을 기다리는 종리구는 긴장된 모습이 역력했다.

"자네도 한잔하려나?"

"호위 중에는… 아닙니다. 한 잔 주십시오."

서평은 어딘지 모르게 불안해하는 종리구의 모습을 보며 탁자에 마주 앉았다.

"그나저나 물건은 잘 지키고 있겠지?"

"예. 개미새끼 한 마리 접근시키지 않고 있습니다."

"후~ 하필이면 상단에 돈이 말랐을 때 이런 일이 생기다니 참 곤란하군."

"대규모 투자로 인해 그런 것이 아닙니까? 맹주님께서도 이해해 주실 겁니다."

"그럴까? 그렇다면 다행이지만……."

그러나 화산파에 또다시 끔찍한 참상이 발생한지라 유대웅의 심리 상태가 어떨지 몰랐던 종리구는 젓가락으로 술안주인 오리구이를 쿡쿡 찔러대며 불안감을 표출했다.

그때, 문밖에서 말소리가 들려왔다.

"회주님."

"누구냐?"

서평이 물었다.

"기다리시는 분이 도착하신 것 같습니다."

말이 끝나기가 무섭게 종리구가 뛰쳐나가고 고개를 설레설레 내저은 서평이 뒤를 따랐다.

종리구가 낙월객점 정문에서 공손한 자세로 서 있기를 얼마간, 수하들의 안내를 받으며 유대웅과 운종이 도착했다.

"어서 오십시오, 맹주… 공자님."

"회주도 오랜만이오."

유대웅이 주변을 의식하며 나름 정중히 대했다.

"호위대장도 계셨군."

"서평이 공자님을 뵙습니다."

"공자는 무슨……."

피식 웃은 유대웅이 객점 안으로 들어서자 종리구가 얼른 앞장서 자신이 머물고 있던 방으로 안내를 했다.

서평의 지시로 방금 전까지 술상이 놓여 있던 방은 깔끔하게 치워진 상태였다.

"호오. 금방 무너질 것 같던 객점에도 이런 방이 있었네."

유대웅이 의자에 앉으며 말했다.

"풍림상회 회주 종리구가 맹주님을 뵙습니다."

"서평이 맹주님을 뵙습니다."

종리구와 서평이 오체투지를 하며 극상의 예를 표했다.

"쯧쯧, 인사는 이미 나눴잖아. 일어나."

유대웅의 손짓에 종리구와 서평의 몸이 천천히 일어났다.

"앞으론 이런 과례는 하지 마. 큰일을 하는 사람이 무릎이 그리 쉽게 꺾여서야 쓰나. 아, 그리고 다들 인사하지. 이쪽은 화산파의 제자."

"운종이라 합니다."

운종이 정중히 예를 표하자 종리구와 서평의 허리가 다시금 꺾였다.

"종리구입니다."

"서평입니다."

간단한 인사가 끝나고 곧 술상이 차려졌다.

술은 낙월객점에서 팔고 있는 것이 아니라 종리구가 특별히 준비한 명주가 놓였고 안주는 주인이 있는 솜씨 없는 솜씨를 모두 부려 내어놓은 돼지고기 볶음과 기름기를 완전히 뺀 훈제 오리고기였다.

유대웅은 뜨거운 김이 모락모락 피어오르는 요리들을 보며 입맛을 다셨다.

동정호를 떠난 이후 주로 산길을 이용하다 보니 제대로 된 음식을 먹지 못했다. 게다가 함께 움직이는 운종이 육식을 피하는 통에 더욱 그랬다.

"그런데 바쁜 사람이 여기까지 뭐하러 와? 다른 사람을 보내도 됐을 텐데."

"아닙니다. 무한에 볼일이 있어서 다녀가던 참이었습니다. 설사 그렇지 않다고 하더라도 의당 인사를 드려야지요."

"그래? 아무튼 오랜만에 보니 반갑군."

"저도 그렇습니다, 맹주님."

"서평도. 실력이 많이 늘었어."

"감사합니다."

근래 들어 스스로도 발전이 있다고 여기고 있던 서평은 유대웅의 말에 환한 얼굴이 되었다.

"자, 한 잔씩 해. 이거 꽤나 좋은 술이네."

"오량액(五糧液)입니다. 사천에서 제법 유명한 술이지요."

종리구가 술잔을 받으며 말했다.

제법 유명한 술이 아니었다.

제대로 된 오량액은 돈을 주고도 구하지 못할 정도로 귀했다. 특히 그들이 마시고 있는 오량액은 상등품 중의 상등품으로 성주에게나 한두 병 진상될 정도로 비싼 것이었다.

"운종."

"예. 소사숙조님."

"한잔해."

유대웅이 열심히 채소쌈을 먹고 있는 운종에게 잔을 내밀었다.

"아, 아닙니다."

"받아."

유대웅이 잔을 든 손을 내려놓지 않자 운종은 어쩔 수 없다는 표정을 지으며 공손히 잔을 받았다.

나이는 운종이 몇 살 위였지만 배분으로 따지자면 하늘과 땅 차이. 계속해서 거절하는 것도 존장에 대한 예의가 아니었다.

"크으."

자신도 모르게 터져 나오는 소리에 운종이 화들짝 놀라자 유대웅이 껄껄 웃었다.

"하하하! 도를 닦는 위인의 입에서 저런 소리가 나오는 것을 보면 확실히 좋은 술인가 보네."

유대웅의 농담에 운종은 감히 고개를 들지 못하고, 그런 운종을 보며 종리구와 서평이 어깨를 들썩였다.

화기애애한 술자리는 날이 어두워지고 늦은 밤이 될 때까지 계속 이어졌다.

술자리가 한참 무르익었을 때 종리구의 눈짓을 받은 서평이 슬며시 밖으로 나가더니 커다란 궤짝 하나를 들고 들어왔다.

쿵.

조심스레 내려놓는다고 했음에도 바닥을 울리는 묵직한 소리가 궤짝의 무게를 가늠케 해줬다.

종리구가 조심스레 궤짝문을 열었다.

방 안이 갑자기 환해지는 듯했다.

궤짝에는 금괴가 가득했다.

"열 관(37.5kg)입니다."

"열 관?"

유대웅이 놀란 눈으로 되물었다.

유대웅은 생각보다 많은 금괴를 보며 놀란 것이지만 종리구는 오히려 적은 양에 화가 난 것이라 여겼다.

그 짧은 순간에 종리구의 이마엔 땀으로 가득했다.

유대웅이 장강을 통일하면서 종리구에게 준 혜택은 엄청난 것이었다.

녹수맹에 이어 단심려까지 장악한 유대웅은 그 과정에서 그들이 소유하고 있는 많은 물품 등을 모조리 종리구에게 넘겼고 그것을 처분하면서 종리구는 막대한 이득을 챙겼다.

풍림상단이 세 개의 상단, 두 개의 표국, 수많은 객점과 주루, 점포 등을 거느리며 거대 상회로 발전할 수 있었던 것은 그 자신의 탁월한 능력 덕분이기도 하지만 유대웅, 아니, 장강수로맹의 절대적인 지원 덕이라 해도 과언은 아니었다.

그런 상황에서 장강수로맹의 맹주인 유대웅이 사문인 화산을 재건하기 위해 직접 움직였고 장청은 즉시 종리구에게 연락을 하여 적절한 자금을 마련하라고 명한 것이었다.

"죄, 죄송합니다. 연이어 대규모 투자를 하는 바람에 열심히 모으기는 했지만 많이 부족합니다."

종리구의 반응에 유대웅은 어이가 없다는 표정을 지었다.

"무슨 소리를 하는 거야? 부족하다니? 너무 많아서 탈인데."

"예?"

종리구는 그제야 겨우 고개를 들었다.

"장청 이놈이 또 무슨 소리를 했는지 몰라도 이건 아니지. 열 관이면 대체 얼마의 가치가 있는 거야?

"쌀로 말씀드리자면……."

"됐어. 상상만으로도 어마어마한 액수라는 것은 아니까. 후~ 이 많은 액수를 내가 가져가도 될지 모르겠군."

"풍림상회가 곧 맹주님의 것입니다."

"아니. 우리 모두의 것이지."

고개를 흔든 유대웅이 난생처음 보는 거금에 벌어진 입을 다물지 못하고 있는 운종을 보며 짧은 한숨을 내쉬었다.

　생각해 보니 두 번의 참화로 인해 화산파엔 남아 있는 것이 없을 터였다. 거의 모든 건물이 잿더미가 된 상황에서 다시 재건을 하려면 얼마나 많은 액수가 필요할지도 몰랐다. 종리구가 준비한 돈이 엄청난 액수이긴 하지만 어쩌면 부족할 수도 있다는 생각이 들었다.

　"고맙다. 기왕 준비한 것이니 잘 쓰도록 하지."

　"투자금이 회수되는 대로 더 보내도록 하겠습니다."

　"아니. 이것만으로도 충분해. 정 부족하면 내가 다시 연락을 할 테니까 더 이상은 신경 쓰지 마."

　"예? 아니, 그래도⋯⋯."

　"괜찮다니까. 어쨌든 회주의 마음은 내 잊지 않겠어. 자, 이럴 게 아니라 술이나 한 잔 더 하자고."

　술병을 들던 유대웅이 빈 병을 들며 짐짓 화난 표정으로 물었다.

　"설마 술이 부족한 것은 아니겠지? 그럼 서운할 것 같은데 말이야."

　"그럴 리가 있습니까? 충분합니다."

　종리구가 호들갑을 떨자 슬쩍 고개를 돌린 서평의 눈짓에 오량액 수십 병이 방으로 들어왔다.

술자리는 새벽까지 이어졌고 유대웅과 운종은 해가 중천에 뜬 다음에야 길을 떠날 수 있었다.

밤새 낙월객점을 주시하던 눈동자가 사라진 것은 그 직후였다.

* * *

"확실해?"

솥뚜껑만 한 손으로 사타구니를 벅벅 긁어대던 텁석부리 장한이 시큰둥한 표정을 지으며 묻자 가등(可瞪)이 펄쩍 뛰며 대답했다.

"진짜라니까요, 매형. 이번엔 확실합니다."

"공적인 자리에선 채주님이라 부르라니까. 그새 잊었냐?"

녹림십팔채 서열 십팔 위에 올라 있는 대홍채의 채주 추왕(秋王)이 눈을 부라리자 잔뜩 움츠린 가등이 자라목이 되었다.

"어쨌든 확실한 정보입니다, 채주. 제가 직접 확인까지 했다니까요."

"네놈이 확실하다고 하면서 엿 먹인 것이 어디 한두 번이어야지. 얼마 전에 무당파의 지원을 받는 청의표국(靑衣鏢局)을 건드리는 바람에 그걸 무마하느라 내가 얼마나 고생을 했

는지 그새 잊은 거냐? 어휴, 네 누나만 아니었으면 넌 골백번
도 더 뒈졌어."

추왕이 주먹을 부르르 떨며 말했다.

"그것이 죄송해서 제가 무한에서부터 직접 발로 뛰어 물어
온 건수입니다. 와봉전장(臥鳳錢莊)에서 어마어마한 금괴가
반출됐다니까요."

"네놈이 직접 봤냐?"

"직접 확인은 못했지만 그곳에서 일하는 점원 한 놈을 매
수해서 확인했습니다. 풍림상회에서 전표를 금괴로 바꿔갔
다는 것을요."

"확실해?"

"그렇다니까요."

가등은 좀처럼 자신을 믿지 못하는 추왕의 눈초리에 답답
함을 참지 못하고 몇 번이나 가슴을 두들겼다.

"양은 얼마나 되는데?"

"이만한 궤짝으로 하나요. 열 관 정도 된다고 들었습니
다."

가등이 양팔을 벌려 궤짝의 크기를 묘사하자 추왕의 눈이
동그래졌다. 그리곤 옆에 한쪽에 앉아 있던 사내를 불렀다.

"범웅아"

"말하쇼."

"이놈 말을 믿어야 하냐? 아무래도 믿음이 가지 않는다."

"녀석하고 함께 움직이던 적묘(赤猫)도 같은 말을 하는 것을 보니 영 신빙성이 없는 말은 아닌 것 같수. 한번 믿어보는 것도 나쁠 것 같지는 않은데."

가등은 범웅이 자신의 말에 동조를 하자 눈짓으로 고맙다는 인사를 보냈다.

"그럼 네가 말한 금괴는 지금 어딨는데?"

"한수 쪽으로 이동하고 있습니다."

"풍림상회가 한수로는 왜?"

"금괴는 풍림상회가 아니라 다른 놈이 가지고 움직이고 있습니다."

"이건 또 무슨 개소리야?"

추왕이 신경질적으로 소리치자 가등은 낙월객점에서 보았던 광경을 재빨리 설명했다.

"흠, 그 두 놈이 금괴가 든 궤짝을 들고 간 것이 확실한 거야?"

"예. 이 두 눈으로 똑바로 보았습니다."

"네놈 눈이 장식품이라는 건 산채의 식구라면 다 아는 사실이야. 헛소리 말고 가서 적묘를 데리고 와."

가등이 투덜거리며 전각을 빠져나가자 추왕이 범웅에게 고개를 돌리며 음성을 낮췄다.

"저 병신 말대로 겨우 두 놈이 그 많은 금괴를 가지고 이동하고 있다는 것이 말이 된다고 봐?"

"저리 확신하는 것을 보면 그럴 수도 있다고 보오. 소문내지 않고 은밀히 금괴를 전달하고 싶다거나 하는 거 아니겠수."

"그게 더 걸려. 풍림상회라면 요즘 제법 잘나가는 곳 아니냐? 그런 곳에서 고작 두 놈에게 금괴를 맡겼다는 것은 그만큼 믿고 있다는 말이잖아. 어쩨 느낌이 좋지 않은걸."

"크흐흐. 천하에 대홍채 채주가 언제부터 이리 약한 소리를 할까나. 걱정하지 마쇼. 형님 말대로 놈들의 실력이 뛰어나다고 해도 어차피 쪽수로 안 돼. 정 마음에 걸리면 할 일 없이 밥만 축내는 늙은이들이나 써 먹읍시다."

"원로들을?"

"에이. 도둑놈들끼리 원로는 무슨. 그냥 낫살 처먹은 늙은이들이지."

평소 대홍채의 원로들에게 불만이 많던 범웅의 입담은 거침이 없었다.

"말조심 좀 해라. 그렇지 않아도 널 보는 눈초리가 영 곱지가 않아."

"그러거나 말거나 관심없수."

콧방귀를 뀌는 범웅의 반응에 추왕은 땅이 꺼져라 한숨을 내쉬었다.

자칫 혈육보다 더 믿고 아끼는 범웅과 대홍채 전력의 절반을 차지하는 원로들 사이에서 고생을 할 것 같은 느낌이 들었다.

"아무튼 알았다. 일단 확인은 해봐야겠지만 저놈 말이 맞다면 철저하게 준비해서 제대로 한 건 올려야겠다. 말이 좋아 금 열 관이지. 액수로 따지면……."

손가락을 몇 번 짚던 추왕은 계산 자체가 불가능한지 이내 고개를 흔들었다.

*   *   *

"이곳에서 잠시 쉴까?"

"예. 소사숙조님."

공손히 대답한 운종이 조심스레 궤짝을 내려놓았다.

"무겁냐?"

"들 만합니다."

말은 그리하면서도 등짝에 짊어진 궤짝의 무게가 만만치 않은지 운종의 이마엔 땀방울이 송골송골 맺혀 있었다.

"수련의 일환이라 생각하면 편할 거다."

"예."

애써 밝은 웃음을 보인 운종이 조용히 숨을 골랐다.

'흐음.'

맑은 하늘에 유유히 떠가던 구름을 한가로이 바라보며 휴식을 취하던 유대웅의 눈빛이 갑자기 날카로워졌다.

천천히 고개를 돌려 좌측 숲을 응시하는 유대웅의 표정엔 별다른 변화가 없었다.

'하나, 둘, 셋… 꽤 많네.'

유대웅은 숲에 은신하고 있는 자들의 수가 열을 훌쩍 넘어 갈듯 하자 헤아리는 것을 그만두었다.

"운종."

유대웅의 부름에 눈을 감고 호흡을 고르던 운종이 벌떡 일어나며 대답했다.

"예. 소사숙조님."

"불청객이 찾아온 것 같다."

"예? 불청객이라면……."

당황하여 묻던 운종의 몸이 그대로 굳었다.

자신들을 향해 스멀스멀 다가오는 좋지 않은 기운을 그도 느낀 것이다.

"어디에 있는지 느껴지나?"

"좌측 숲입니다."

"제법이네. 기다리기 지쳤을 테니까 이만 불러줄까?"

살짝 미소를 지은 유대웅이 돌멩이 하나를 집어 들어 적이 은신하고 있는 숲을 향해 던졌다.

"악!"

누군가의 비명과 함께 수풀이 요란하게 흔들리며 일단의 무리가 우수수 쏟아져 나왔다.

생각보다 훨씬 많은 적에 안색이 딱딱하게 굳어가던 운종은 자신의 곁에 있는 사람이 누군가를 떠올리곤 이내 신색을 되찾았다.

하지만 안타깝게도 그는 유대웅이 어떤 생각을 하고 있는지 전혀 알지 못했다.

숲에서 매복을 하고 있던 대홍채의 인원은 오십 명이나 되었다.

고작 두 명을 상대하고자 데리고 온 인원치고는 과한 면이 없지는 않았지만 추왕은 행여나 있을 변수를 완벽하게 제거하고자 했다. 그들이 노리는 금괴의 가치는 그만큼 대단했다.

"우리가 숨어 있는 줄을 알다니 제법 눈치가 빠른 놈이구나."

가등이 탐욕스런 눈으로 소리쳤다.

"쯧쯧, 눈치가 빠른 게 아니라 네놈들이 매복의 기본이 안 되어 있는 것이다. 그렇게 존재감을 팍팍 풍기는데 눈치를 못 채는 것이 이상하지."

유대웅의 조롱에 가등의 얼굴이 시뻘게졌다.

"함부로 입을 놀리다간 뒈지는 수가 있다."

"어차피 살려둘 생각이 없었잖아. 그나저나 고작 두 명 잡겠다고 많이도 데리고 왔군그래. 이거야 원."

유대웅이 한심하다는 표정으로 고개를 흔들자 조금씩 거리를 좁혀오던 대홍채 산적들이 순간적으로 멈칫했다. 하나 애당초 부끄러움 따위는 신경 쓰지도 않는다는 듯 곧바로 포위망을 구축하곤 가등의 명을 기다렸다.

"순순히 금궤를 내어놓아라. 하면 고통없이 보내주마."

"살려준다는 소리는 하지 않는군."

"그럴 수야 없지."

가등이 스산한 웃음을 지어 보였다.

당연했다. 최근 중원에서 세력을 크게 확장시키고 있는 풍림상회의 힘을 감안했을 때 금괴 탈취사건에 대홍채가 얽힌 것이 밝혀지면 모르긴 해도 상당히 골치 아픈 일이 발생할 것이었다.

대홍채의 영역이 아니라 다소 떨어진 곳에서 유대웅 일행을 기다린 것도 그런 이유였다.

"그렇다면 우리도 순순히 내어줄 수는 없지."

유대웅이 뒤로 물러나며 운종의 등을 슬쩍 밀었다.

"소, 소사숙조님."

"왜 그런 눈으로 봐? 설마 나보고 싸우라는 소리는 아니겠지?"

"하, 하지만……."

"화산을 지키려면 강해져야 한다. 강해지기 위해서 실전처럼 좋은 훈련도 없어."

유대웅은 아예 싸움에 상관하지 않겠다는 듯 팔짱을 끼고 궤짝에 앉아버렸다.

그 모습을 본 가등이 어처구니없는 표정으로 코웃음을 쳤다.

"훈련? 어디서 그런 자신감이 나오는지 모르겠지만 참으로 같잖구나. 이런 더러운 기분을 느끼게 해준 상으로 아주 잘근잘근 씹어주마."

차가운 살소를 지어 보인 가등이 수하들에게 눈짓을 하자 유대웅과 운종을 포위하고 있던 대홍채의 산적들이 슬금슬금 다가오기 시작했다. 그리곤 서로의 눈치를 주고받더니 괴성과 함께 일제히 공격을 가해왔다.

"컥!"

외마디 비명과 함께 세 명의 사내가 달려오던 속도보다 더욱 빠르게 나가떨어졌다.

어디를 어떻게 공격을 당한 것인지 땅바닥에 아무렇게나 널브러진 세 사내는 그대로 정신을 잃고 말았다.

손짓 하나로 뒤쪽에서 공격해 오는 산적들을 단숨에 날려 버린 유대웅이 경악을 금치 못하고 있는 산적들에게 피식 웃음을 터뜨리며 손가락을 까딱였다.

"천천히 하자고. 도망칠 생각 없으니까 일단은 저 녀석부터 꺾고 덤비든가 해."

할 말을 다한 유대웅이 운종을 향해 고개를 돌렸다.

함부로 움직이는 자는 없었다.

그 누구도 방금 전에 유대웅이 어떤 수로 자신의 동료를 날려 버렸는지 알지 못했고 두려움은 그들의 몸을 완전히 굳게 만들었다.

"저, 저런 병신 같은 놈들이!"

엉거주춤한 수하들의 모습에 가등이 도끼눈을 뜨며 소리를 지르려는 찰나 애꾸눈의 노인이 그의 어깨를 잡았다.

고개를 돌린 가등이 신경질적으로 고개를 돌렸다.

"왜 그러쇼?"

"강한 놈이다. 이런 상황에서 여유를 부릴 만큼 강한 놈이야. 긴장해야 된다."

"강하든 지랄이든 어차피 뒈지게 되어 있소."

"천천히. 일단은 저놈 먼저 쓰러뜨리고 보자고. 괜히 전력을 분산시키지 말고."

애꾸눈의 노인과 궤짝에 앉아 턱을 괴고 있는 유대웅을 번

갈아 바라보던 가등이 침을 탁 뱉었다.

"젠장. 알았소."

고작 두 놈 상대하면서 전력의 분산 어쩌고 하는 늙은이의 말이 마음에 들지 않았지만 그렇게 한다고 나쁠 것은 없었다. 오히려 더욱 빠르고 확실하게 일을 마무리할 수 있을 것 같았다.

"뭣들 해? 빨리 모가지를 틀어버리지 않고."

애꾸눈의 노인은 가등이 운종을 공격하는 수하들을 향해 소리를 지르자 그제야 한 걸음 물러났다.

'흠, 좋지 않아.'

대홍채에서 원로 대접을 받고 있는 섭방(攝肪)은 심각한 표정으로 유대웅을 바라보고 있었다.

그의 곁으로 다가온 몇몇 노인 역시 섭방과 같은 생각인지 잔뜩 굳은 얼굴을 하고 있었다.

"아무래도 잘못 엮인 것 같군."

"그렇지? 처음부터 느낌이 좋지 않더라니. 저 병신이 제대로 된 건수를 물고 올 리가 없잖아."

"어쨌든 시작을 했으니 끝을 보기는 해야겠는데 이거 영 걱정이야."

섭방을 비롯한 대홍채의 원로들은 유대웅의 여유롭고 당당한 모습에서 뭔가 모를 불길함을 느꼈다.

그것이야말로 오랜 산적 생활에서 지금껏 살아남게 만들어준 그들만의 탁월한 본능.

문제는 산전수전을 겪으며 갈고닦아 온 본능이 필사적으로 경고음을 울려주고 있음에도 딱히 어찌할 방법이 없다는 것이었다.

포위 공격을 당하고 있음에도 운종은 비교적 여유있게 적을 상대했다.

매화검수에서 말석의 지위에 불과했으나 화산파의 최정예라는 매화검수의 실력은 일개 산적들이 감당할 만한 것이 아니었다. 그들이 녹림십팔채에 속한 이들이라 해도 예외가 될 수는 없었다.

사실 명문정파, 특히 화산파처럼 산속에서 수련만 하는 제자들에게 실전경험이 전무하다는 것은 치명적인 약점이 될 수 있었다.

명문의 제자들이 사문을 벗어나 외유를 하다 자신보다 훨씬 실력이 떨어지는 상대에게 패하거나 목숨을 잃는 경우가 종종 발생하는데 이는 한순간의 판단으로 목숨이 좌지우지되는 실전을 제대로 경험하지 못했기에 벌어지는 일이었다.

그 경험 또한 실력이라면 할 말은 없는 것이지만 그런 관점에서 볼 때 사사천교의 공격을 두 번이나 겪으면서도 살아남은 운종은 원래 지닌 실력에 실전까지 완벽하게 경험한 상태였다.

"꽤 하는군."

유대웅은 포위 공격을 당하면서도 비교적 여유롭게 적을 상대하는 운종의 모습에 고개를 끄덕였다. 특히 뛰어난 실력을 지닌 적은 가차없이 쓰러뜨리고 오히려 실력이 부족한 상대는 적당히 봐주는 것에 내심 감탄을 했다.

적이 아무리 많아도 공격은 전후좌우 네 방향에서만 가능한 터. 그 이상의 수가 공격을 하면 효과적인 공격을 할 수가 없고 오히려 공격을 히는 이들끼리 방해를 받아 위험에 처하기 쉬웠다.

운종은 그 점을 이용하여 뛰어난 자들을 우선적으로 쓰러뜨리고 상대적으로 약한 자들을 방치하면서 사방에서 쏟아지는 적의 위협을 최소한으로 줄이고 있었다. 그러기 위해선 자신을 공격하는 자들의 실력을 한눈에 꿰뚫어보아야 하는 능력이 필요한데 그는 정신없이 공격을 당하는 와중에서도 적의 실력을 정확하게 파악을 하고 있어 유대웅을 흡족케 했다.

"짧은 시간 동안 제법 많이 발전했군. 보법도 한결 간결해졌고."

운종이 화산의 비보를 가지고 동정호를 찾고, 사문을 구하기 위해 화산으로 떠날 것을 결심한 직후부터 유대웅은 운종을 혹독하게 단련시켜 왔다.

중점적으로 가르친 것이 매화삼십육검과 화산파 보법의 근간이 되는 난화보였는데 다소 진전이 느렸던 검법과는 달리 짧은 시간임에도 난화보의 성취는 상당했다.

"좋군."

물 흐르듯 부드럽게 움직이는 운종의 발놀림을 보며 유대웅은 다시 한 번 고개를 끄덕였다.

처음 운종과 비무를 했을 때 빠르고 현란하기는 해도 어딘지 모르게 경직되고 어설펐던 것에 비하면 그야말로 장족의 발전을 한 셈이었다.

몸이 안정되고 중심을 바로 하니 당연히 검법 또한 훨씬 날카롭고 위력적으로 변했다.

시간이 흘러도 운종의 기세는 좀처럼 꺾이지 않았고 일각이 지날 즈음 적의 사상자는 열을 훌쩍 넘기고 있었다.

"이 병신들아! 고작 한 놈을 상대하면서 이리 애를 먹으면 어쩌자는 거냐!"

절대적으로 유리한 입장에서 공격을 하면서도 도리어 피해만 늘어나자 가등은 입에 거품을 물고 흥분하고 있었다.

그 역시 한가로이 싸움을 지켜보는 유대웅의 실력이 만만치 않음을 직감하고 있는 터. 최소한의 피해로 운종을 쓰러뜨리고 전력을 다해 유대웅을 쓰러뜨려야 한다고 생각하고 있었는데 쓰러뜨리기는커녕 변변한 상처 하나 입히지 못하자 화가 머리끝까지 치솟았다.

"안 되겠다. 너희가 움직여야겠다."

열을 삭히지 못한 가등이 자신의 뒤편에 자리하고 있는 자들에게 명을 내렸다.

유대웅을 상대하기 위해 아껴두었던 대홍채의 정예들이 가등의 명에 따라 운종에게 접근했다.

그들은 무작정 공격을 한 것이 아니라 한지에 먹물이 스며들 듯 자연스럽게 싸움에 참여했다.

가장 실력이 뛰어난 힌 시내기 실력이 떨어짐에도 운종이 배려(?)로 별다른 부상 없이 목숨을 부지하고 있던 자의 바로 뒤편에서 기회를 엿보았다.

"이건 위험하군."

운종의 활약을 흐뭇하게 바라보던 유대웅은 심상치 않은 적의 움직임을 파악하곤 슬며시 허리를 숙여 바닥에 떨어진 돌멩이 몇 개를 집어 들었다.

유대웅의 예상대로 운종에게 위기가 찾아왔다.

운종은 좌우에서 새롭게 등장한 적들이 상당한 실력을 지녔다는 것에 다소 긴장을 하는 듯했지만 비교적 큰 문제 없이 막아냈다.

다만 지금까지 여유롭게 상대하던 후미에 적의 비수가 숨어 있다는 것을 눈치채지 못하는 실수를 저질렀다.

운종을 상대하던 동료의 등을 밟고 허공으로 치솟은 자의 공격은 무척이나 날카롭고 파괴적이었다.

전광석화와도 같은 공격을 받은 운종은 크게 당황했다.

재빨리 방어를 해야 한다고 생각했지만 절묘한 시간차로 좌우에서 협공이 가해져 왔다.

후방이 완벽하게 노출된 상황에 운종은 이를 악물었다.

공격을 허용할 수밖에 없다는 것은 기정사실.

최소한의 피해로 막기 위해 온몸의 진기를 뒤쪽에 집중했다.

그런데 운종이 걱정한 일은 발생하지 않았다.

운종의 뒤에서 회심의 일격을 가하던 사내가 갑자기 급살 맞은 사람처럼 퍼뜩이더니 그대로 고꾸라진 것이다. 그뿐만이 아니라 매섭게 몰아치던 자들까지 외마디 비명과 함께 쓰러졌다.

갑작스런 상황에 대홍채의 산적들은 무척이나 당황했다.

최악의 상황에서 구사일생한 운종이 가쁜 숨을 몰아쉬며 유대웅을 향해 고개를 돌렸고 그의 예상대로 조그만 돌멩이 몇 개를 만지작거리고 있던 유대웅을 확인하곤 얼른 허리를 숙였다.

"감사합니다, 소사숙조님."

"방심은 금물이지."

"죄, 죄송합니다."

"아니. 놈들이 나름 머리를 잘 굴린 것이야. 그래도 실력이 많이 늘었어."

유대웅의 칭찬에 운종의 낯빛이 살짝 밝아졌다.

그에 반해 거의 유일하게 유대웅의 솜씨를 눈치챈 섭방의 안색은 딱딱하게 굳어 있었다.

"저자가 손을 쓴 것 맞지?"

옆에 있던 원로의 질문에 섭방이 고개를 끄덕였다.

"아마도. 하지만 자세히는 확인하지 못했네."

"자네가 제대로 확인하지 못했을 정도라면 정말 일 났군."

질문을 던졌던 노인은 자신들 중 가장 강한 섭방이 상대의 수를 정확히 파악하지 못했다는 것에 한숨을 내쉬었다.

상대는 그들의 예상보다 훨씬 강력한 고수인 것이다.

"환장하겠군. 이 상황에서 내빼기도 뭣하고."

"애당초 시작하지 말았어야 했어. 결국 저 병신이 애먼 사람을 잡는 거야."

"머리에 똥밖에 없는 놈이 제 누이만 믿고 설쳐 대니 이 꼴이지."

원로들은 온갖 불평불만을 털어놓으며 모든 일의 원흉이라 할 수 있는 가등을 잘근잘근 씹어댔다. 그러면서도 유대웅의 일거수일투족을 놓치지 않고 경계했다.

궤짝에 앉아 여유롭게 싸움을 지켜보던 유대웅이 천천히 몸을 일으켰다.

다소 왜소했던 운종과는 달리 거대한 덩치를 자랑하는 유대웅이 움직이기 시작하자 다들 긴장감을 감추지 못했다.

유대웅의 실력을 어렴풋이나마 간파하고 있는 섭방과 원로들은 식은땀까지 흘릴 정도였다.

"그만 돌아가지? 이쯤하면 어찌하는 것이 신상에 좋은지 판단이 섰을 것 같은데."

유대웅이 섭방을 바라보며 말했다.

가등이 날뛰고는 있었지만 이곳에 있는 대홍채의 최고고수는 다름 아닌 섭방이었다.

섭방은 가등이 아니라 자신을 정확하게 지목하여 바라보는 유대웅의 눈빛에 전신의 세포가 날카롭게 곤두서는 느낌을 받았다.

기세를 흘린 것도 아니고 서로에게 검을 겨눈 것도 아니었다. 그저 가볍게 바라보는 것만으로도 질식할 것 같은 압박감을 받았다.

'보, 보통 고수가 아니다.'

섭방은 자신의 실력으론 도저히 가늠키 힘든 유대웅의 모습에 전율하지 않을 수 없었다.

평생 지금과 같은 느낌을 받은 것은 오직 한 번.

대홍채가 녹림십팔채의 말석을 차지한 것을 치하하는 자리에서 녹림십팔채의 총채주를 만날 때뿐이었다.

솔직히 총채주도 이런 압박감을 주지는 못했다.

'잘못하면 다 죽는다.'

섭방은 웃음을 지우지 않고 있는 유대웅의 얼굴이 너무도 무서웠다.

그 웃음이 사라졌을 때 어떤 일이 벌어질지 상상만으로도 끔찍했다.

기회가 있을 때 무조건 후되를 해야 했다.

"아, 알겠소. 우리는……."

안타깝게도 가등이 한발 빨랐다.

"닥쳐랏! 어디서 그럴 헛소리를 지껄이는 것이냐?"

"헛소리라……."

"우리 대홍채가 그따위 위협에 겁을 먹을 줄 알았느냐? 어림없는 소리."

"지금 무슨 소리를 지껄이는 거냐?"

섭방이 얼른 나서서 막았지만 그들을 뒷방 늙은이들로 치부하는 가등은 전혀 신경 쓰지 않았다.

"영감님들은 뒤로 빠지쇼. 내가 알아서 할 테니까."

가등이 콧방귀를 뀌며 섭방 등을 무시하는 동안 유대웅은 뇌우와 백호대가 과거 대홍채 휘하 마골림을 급습했었던 기억을 떠올리고 있었다.

"대홍채? 흐음, 대홍채였군."

나직하게 한숨을 내쉬는 유대웅.

그런 유대웅의 표정을 보며 그가 대홍채라는 이름에 겁을 집어먹을 것이라 판단한 가등이 기세등등하게 소리쳤다.

"갈가리 찢어버렷!"

차갑게 내뱉는 가등의 말에 섭방과 원로들은 허탈한 표정으로 고개를 흔들고 말았다.

"일 났군. 결국 사고를 치고 말았어."

"찢어진 입이라고 아무 말이나 지껄여 댔다간 크게 경을 친다는 것을 알아야 하는데."

"막기는 이미 늦었네. 가능할지 모르겠지만 그래도 싸워는 봐야지."

섭방이 굳은 표정으로 움직이자 땅이 꺼져라 한숨을 내쉰 원로들이 그 뒤를 따랐다.

"제자도 돕겠습니다."

유대웅은 운종이 자신의 곁에서 적과 싸우려 하자 피식 웃음을 터뜨리곤 덩그러니 놓여 있는 궤짝을 가리키며 말했다.

"그냥 앉아 있어. 천천히 움직일 테니까 놓치지 말고."

유대웅이 어깨에 걸치고 있던 초천검을 앞으로 슬쩍 내밀며 자세를 잡았다.

운종은 두 눈을 부릅뜨고 유대웅의 움직임을 살폈다.

지금 유대웅의 동작이 바로 매화삼십육검의 기수식인 것을 눈치챈 것이다.

*　　*　　*

꽤나 가파른 산길을 평지처럼 움직이는 이들이 있었다.

그 수는 대략 삼십여 명.

구릿빛 피부에 날렵한 몸매, 착 가라앉은 눈빛, 군더더기 없는 움직임, 경쾌한 발놀림에 산길을 이동하면서도 조금도 흐트러지지 않는 호흡을 감안했을 때 상승의 무공을 익힌 무인들이 틀림없었다.

착용하고 있는 의복도, 소유하고 있는 무기도 제각각이었지만 그들에겐 한 가지 공통점이 있었는데 모두 손에 녹피장갑을 착용하고 있다는 것이었다.

상대가 손에 녹피장갑을 끼고 있다면 무조건 도주하라는 말이 있을 정도로 녹피장갑은 무림의 한 가문을 상징했다.

바로 독의 조종이라 불리는 사천당가였다.

"당숙, 아직 멀었어요?"

일행의 홍일점 당소진(唐昭眞)이 이마에 송골송골 맺힌 땀방울을 닦아내며 고운 아미를 찌푸렸다.

선두에서 일행을 이끌던 팔기대주 당해가 혀를 차며 대꾸했다.

"쯧쯧, 그러게 세가에 있지 뭐하러 그 먼 길을 따라나서."

툴툴거리기는 해도 폭급한 성정에 까다롭기 그지없는 평소의 당해라곤 상상할 수 없을 정도로 부드러운 음성이었다.

"세가에 처박혀 있는 것이 얼마나 지겨운데요. 매일같이 똑같은 일상. 으! 생각만 해도 싫어. 저도 세상 구경을 하고 싶다고요."

"아서라. 무림은 생각보다 험한 곳이야."

"알아요. 그래도 너무 걱정하지 말아요. 가녀리긴 해도 제 몸 하나는 지킬 수 있으니까요."

"가녀려? 누가? 네가? 이 녀석들 중에서 너를 감당할 수 있는 놈이 아무도 없다. 명색이 당가를 대표한다는 녀석들이 말이야."

당해가 기도 안 찬다는 표정으로 말했다.

사실이 그랬다.

장강수로맹의 맹주가 된 유대웅에게 팔기대가 전멸을 당한 후, 다시금 새롭게 조직된 팔기대는 비록 과거에 비해 전체적인 전력은 떨어졌지만 이는 경험이 쌓이지 않아서 그런 것이지 개개인의 실력이 부족해서 그런 것은 아니었다.

하지만 최정예로 손꼽히는 그들의 실력도 당가에서 무소불위의 권력(?)을 휘두르고 있는 당소진에 비할 바는 아니었다.

어려서부터 깜찍한 외모와 영특함으로 세가 어른들로부터 많은 이쁨을 받은 그녀는 실력 면에서 후계 자리를 놓고 치열하게 경쟁하는 오라비들을 일찌감치 넘어섰고 이제는 그 누구도 무시하지 못할 정도의 수준까지 올라와 있었다.

"문제는 무림이라는 곳이 워낙 험한 곳이라서 단순히 실력만 좋다고 모든 것이 해결되지는 않는다는 것이지. 늘 조심하고 경계해야 돼."

"알았다고요."

"아무튼 정무맹의 날고 긴다 하는 후기지수 중에서 너와 비견될 수 있는 자가 몇이나 있을지 궁금하긴 하다."

당해의 말에 당소진이 앵두보다 붉은 입술을 삐죽이며 말했다.

"그딴 건 상관 안 해요. 난 그저 자유로운 생활을 만끽하고 싶을 뿐이라고요."

당가를 대표하여 정무맹으로 향하고 있는 당학운이 그녀에게 꿀밤을 때렸다.

"인석아. 자유로움엔 그만한 책임이 따르는 법이야. 게다가 놀러 가는 것도 아니다. 이번에 우리가 정무맹에 가는 이유는……."

"사사천교 때문이라는 거지요. 저도 알아요. 그래도 어째요, 이렇게 마음이 들뜨는 것을. 흐흐흐."

당소진이 선머슴처럼 어깨를 들썩이며 웃음을 터뜨리자 당학운은 어쩔 수 없다는 표정으로 고개를 내저었다.

누가 뭐라 해도 당소진은 이제 겨우 스물에 접어든 말괄량이 아가씨였다.

"아무래도 걱정이 됩니다."

당해가 폴짝폴짝 뛰어가는 당소진의 뒷모습을 바라보며 말했다.

"그러게. 가주의 부탁이라 어쩔 수 없이 동행을 하기는 했지만 불안하긴 해."

"허락을 받기 위해 열흘을 굶었다고 들었습니다."

"보름이다. 당시 상황을 돌이켜보면 가주가 두 손 들 만하기는 하지."

바로 그때였다.

단식투쟁으로 피골이 상접했던 당소진의 얼굴을 떠올리며 쓴웃음을 짓던 당학운의 눈에서 기광이 번뜩였다.

"무슨 일이십니까?"

당해가 물었다.

"싸우는 소리가 들린다."

"예?"

당해가 안색을 굳히며 기감을 집중했다.

멀리서 병장기 소리가 들리는 듯했다.

"인근에 산채가 있더냐?"

"가까이 대홍채가 있습니다만 거리가 제법 됩니다. 가보시겠습니까?"

"됐다. 괜한 분란에 끼어들기는 싫구나."

당학운이 고개를 흔들자 어느새 가까이 다가와 있던 당소진이 펄쩍 뛰며 말했다.

"그게 무슨 소리예요, 작은 할아버지. 선량한 사람들이 산적들에게 당할 수도 있는데요."

"저들끼리 세력 싸움을 할 수도 있는 것이다. 아니면 다른 문파와 엮인 것일 수도 있고."

"아니면요? 불의를 보고 피하는 격이라고요."

당학운은 호기심으로 반짝반짝 빛나는 당소진의 눈을 들여다보고는 애당초 그녀의 고집을 꺾는 것이 불가능하다는 것을 깨달았다.

"그럼 일단 살펴보기만 하자꾸나."

"살펴보기만요? 산적들이 선량한 사람들을 상대로 노략질을 하는 것이라면요?"

"당연히 응징을 해야지."

"헤헤."

원하는 답을 얻었음인지 당소진은 환한 얼굴로 혀를 빼꼼히 내밀며 웃었다.

"제가 다녀오겠습니다."

당해가 앞으로 나섰다.

"아니다. 다들 궁금한 얼굴인데 함께 가도록 하자꾸나."

당학운은 잔뜩 상기되어 있는 팔기대원들을 가리키며 말했다.

당가에서 가장 호전적이라는 팔기대원들답게 단지 싸움이라는 말에 눈빛들이 변해 있었다.

第二章
동행(同行)

후우웅.

부드럽게 원을 그린 초천검이 상대의 공격을 간단히 무력화했다.

초천검에 부딪친 검들이 모조리 부러져 나가며 사방으로 흩어졌다.

곧바로 시작된 역공.

유대웅의 묵직하면서도 화려한 움직임이 시작됐다.

환상과도 같은 몸놀림을 가능케 하는 오행매화보에 적들의 시선이 분산되고 초천검이 번득일 때마다 단말마의 비명이 터져 나왔다.

그 누구도 유대웅의 움직임을, 초천검의 방향을 간파하지 못했다.

섭방과 원로들이 수하들을 구하기 위해 움직인 것은 유대웅이 또 한 번의 공격을 마무리하고 잠시 호흡을 가다듬을 때였다.

세 자루의 검과 한 자루의 도끼, 기묘하게 뒤틀린 기형도가 유대웅을 노리며 쇄도했다.

유대웅은 그들의 움직임을 예상했다는 듯 별다른 표정 변화 없이 초천검을 휘둘렀다.

따따땅!

차가운 마찰음과 함께 초천검에 가로막힌 다섯 자루의 무기 중 네 자루가 흔적도 없이 박살이 났다.

"위험해!"

유일하게 검을 지켜낸 섭방이 시큰거리는 팔목을 부여잡고 뒷걸음 치다 비명과도 같은 외침을 터뜨렸다.

단지 무기를 박살 낸 것만으론 성이 차지 않았던 유대웅이 무기의 주인들을 노리며 무시무시한 검초를 뿌리는 것을 확인한 것이다.

섭방의 외침이 끝나기도 전에 초천검이 두 원로의 몸을 베어버렸다.

비명조차 지르지 못하고 그대로 무너져 내리는 원로들을 보며 대홍채의 산적들이 놀란 눈을 부릅떴다.

"이, 이런 거지같은!"

가등은 수하들을 무참히 쓰러뜨리고 심지어 원로들마저 간단히 도륙하는 유대웅의 모습에 아연실색했다.

부릅떠진 눈동자는 확장과 수축을 거듭하고 머리부터 발끝까지 온몸이 덜덜 떨렸다. 공포감을 이기지 못하고 이를 딱딱 부딪칠 정도였다.

하지만 싸움은 아직 끝나지 않았다.

유대웅은 이미 한 번의 기회를 걷어찬 상대, 게다가 자신들을 죽이고 물건을 강탈하려 한 적에게 관용을 베풀 생각이 없는 듯 연이어 공격을 펼쳤다.

한줄기 검광이 허공을 가르며 나아갔다.

나름 한다하는 대홍채의 원로는 공간을 가르며 쇄도하는 검기를 보면서도 아무런 반응을 하지 못했다.

섭방이 그를 구하기 위해 필사적으로 검을 움직였으나 부질없는 짓이었다.

초천검은 마지막 남은 원로의 목숨마저 취한 다음에야 비로소 그 움직임을 멈췄다.

살아남은 원로는 섭방이 유일했다.

유대웅은 무슨 이유에서인지 그를 공격하지 않았다.

네 명의 원로가 쓰러지는 데까지 걸린 시간은 그야말로 촌각.

녹림십팔채 중 말석을 차지하고 있는 대홍채지만 그건 다시 말해 중원에 흩어진 수백의 산채 중에서 그들보다 강한 산채는 단지 열일곱뿐이라는 것을 의미했다.

그리고 그런 대홍채의 핵심이자 역사라 할 수 있는 원로들의 실력은 결코 무시할 수 있는 것이 아니었다.

다만 상대가 좋지 않았다.

나빠도 너무 나빴다.

평생을 함께해 온 전우를 눈 깜짝할 사이에 모조리 잃은 섭방은 망연자실한 표정으로 숨이 끊어진 원로들을 바라보았다.

"으으으!"

섭방의 입에서 절망의 신음이 흘러나왔다.

어떻게든 싸움을 멈춰야 했다는 후회감에 몸서리를 쳤다.

후회가 싙을수록 상대의 억량도 모르고 멍청하게 싸움을 이어간 가등에게 분노가 치솟았다.

"병신 같은 놈! 이 모든 것이 네놈 때문이다."

섭방이 살기 어린 눈으로 가등을 노려보았다.

기세등등했던 모습은 온데간데없이 사라지고 가등은 맨 후미에서 언제라도 도망칠 궁리만 하고 있었다.

그 꼴이 더욱 보기 싫었던 섭방이 혐오스런 눈빛으로 소리
쳤다.

"버러지 같은 놈."

차마 입에 담기도 힘든 모욕을 당했음에도 가등은 아무런
말도 하지 못했다. 섭방은 물론이고 자신을 바라보는 수하들
의 눈초리도 과히 좋지 않다는 것을 느끼고 있기 때문이었다.

"계속할 생각이오?"

유대웅이 무심히 물었다.

섭방이 쓴웃음을 지으며 고개를 흔들었다.

"그럴 리가. 고맙… 다고 해야 하나?"

섭방은 유대웅이 마음만 먹었다면 자신의 목숨 정도는 순
식간에 사라졌으리라는 것을 알고 있었다. 솔직히 자신을 살
려준 이유를 도무지 알 수가 없었다.

"운이 좋았다고 해둡시다. 아무튼 다시 볼 일이 없었으면
좋겠소이다. 한번 시작하면 끝장을 보는 성격이라서."

"……."

함부로 도발하지 말라는 경고에 섭방의 눈썹이 파르르 떨
렸다.

모욕이었다.

자신이 아니라 대홍채에 대한 모욕.

그럼에도 침묵을 지킬 수밖에 없는 것은 상대가 그만큼 강

하기 때문이었다. 만약 다시금 충돌을 한다면 대홍채에 어떤 재앙이 닥칠지는 이미 뼈저리게 겪었다.

"충분히 알아들었네."

힘없이 고개를 끄덕인 섭방은 여전히 불안에 떨고 있는 가등을 차갑게 노려보며 퇴각 명령을 내렸다.

그렇잖아도 언제 목이 떨어질지 몰라 전전긍긍하던 대홍채의 산적들은 동료들의 주검을 제대로 수습할 생각도 하지 않은 채 도망치듯 사라졌다.

그들이 사라지는 모습을 묵묵히 지켜보던 유대웅이 천천히 고개를 돌렸다.

"이제 그만 모습을 드러내는 것이 어떨까?"

갑작스런 유대웅의 말에 깜짝 놀란 운종이 황급히 몸을 틀며 사방을 경계했다.

운종의 얼굴에 긴장의 빛이 흘렀다.

또 다른 적이 등장했음에도 알아차리지 못했다는 것은 앞선 내홍채와는 비교도 되시 않을 성도로 강한 석이 모습을 숨기고 있다는 것을 의미했다.

유대웅의 말이 끝나기가 무섭게 좌측의 수풀이 흔들리며 일단의 무리가 모습을 보였다.

싸움 소리에 이끌려 찾아온 당가 일행이었다.

"당 노선배님이 아니십니까?"

겸연쩍은 웃음을 지으며 걸어오는 당학운의 모습에 유대
웅도 약간은 당황한 눈치였다.

"오랜만이네."

당학운은 호면을 벗고 나타난 유대웅을 어찌 대해야 할지
조금 난감했다.

[편하게 하십시오. 지금은 그저 화산파의 제자로 대해주시
면 됩니다.]

유대웅이 당학운의 표정을 살피곤 얼른 전음을 보냈다.

[그렇다 해도 자네의 배분이 어디 보통 배분인가?]

전음을 보내는 당학운의 입가에 웃음이 걸렸다.

당가와 와호맹의 분란이 호의적으로 마무리된 후, 당가는
와호맹이 장강을 일통하는 과정에서 상당한 도움을 주었는데
이를 주도한 사람이 다름 아닌 당학운이었다. 그런 인연으로
당학운은 당시 와호맹의 수장이었던 유대웅과 상당히 밀접한
관계를 유지했고 심지어 그가 화산파의 제자, 그것도 화산검
선의 제자라는 것까지 알게 된 상태였다.

"사문으로 돌아가는 길인가?"

"예."

유대웅의 대답에 당학운은 자신도 모르게 흠칫 놀랐다.

혈혈단신으로 시작하여 수많은 적을 무너뜨리고 마침내
장강을 일통한 유대웅이 일시적이나마 장강을 떠나 화산으로

돌아간다는 것은 실로 엄청난 의미가 담겨 있었다.

"작은 할아버지."

슬그머니 다가온 당소진이 당학운을 불렀다.

"왜 그러느냐?"

"저희에게도 소개를 해주서야지요."

"소개? 아, 그렇지."

당학운이 아차 싶은 표정을 짓자 유대웅이 엷은 미소를 머금으며 정중히 예를 차렸다.

"청풍입니다."

"당소진이예요."

당소진이 풋사과처럼 상큼한 웃음을 지어 보이며 답례했다.

"당해라고 하오."

팔기당주의 인사에 유대웅의 눈동자가 묘하게 흔들렸다.

당해는 미처 눈치채지 못했지만 그는 당해를 정확하게 기익하고 있었다.

몇 해 전, 하하촌에서 팔기대가 유대웅에게 거의 전멸하다시피 할 때 겨우 목숨을 건진 당해는 양팔의 뼈가 부러지고 심줄이 뒤틀리는 치명적인 부상을 당했다.

'꽤나 심하게 다뤘는데 괜찮은 모양이군.'

은밀히 당해의 몸 상태를 살핀 유대웅은 자신이 과거에 입헀던 당해의 부상이 완벽하게 치료되었음을 알 수 있었다. 특히 다시는 회복하지 못하리라 여겼던 팔이 완벽하게 회복된 것은 상당히 놀랄 만한 일이었다.

"당가에 독술만 있는 것은 아니라네."

당학원이 유대웅의 낯빛을 살피며 조그맣게 말했다.

"그렇군요."

유대웅이 쓴웃음을 지으며 고개를 끄덕이고 영문을 알 길 없는 당해와 당소진이 의아한 표정을 지었다.

"아무튼 다들 이곳에서 잠시 쉬도록 하자꾸나."

당해가 대답을 하기도 전에 당학운은 유대웅을 이끌고 이미 한쪽으로 움직이고 있었다.

지금이야 전략적으로 동맹의 관계였지만 과거의 일 때문인지 아무래도 당해와 마주하기가 껄끄러웠던 유대웅을 위한 당학운의 배려였다.

"저 사람이 누구길래 작은 할아버지가 저리 반가워하실까요?"

당소진의 물음에 당해가 고개를 흔들었다.

"화산파와 연관이 있는 친구 같은데 잘은 모르겠다. 워낙 발이 넓으신 분이니 어디선가 인연을 맺으신 것이겠지."

"아까는 정말 놀랐어요. 나이도 많지 않은 것 같은데 그런 엄청난 무위라니요."

"그래. 대단한 무공이었어."

당해는 대홍채의 장로들을 상대하며 보여준 유대웅의 무공을 가만히 기억해 보며 자신도 모르게 침을 꿀걱 삼켰다. 생각하면 생각할수록 가늠조차 하지 못할 정도로 엄청난 고수란 생각이 들었다.

"실력도 실력이지만 저런 덩치에서 그토록 빠를 줄은 상상도 못했어요. 전 무슨 곰이 날아다니는 줄 알았다니까요."

당소진이 유대웅의 몸짓을 과장되게 표현하며 키득거렸다.

하지만 당해는 웃을 수가 없었다.

불현듯 과거 하하촌에서 겪은 악몽과도 같은 일이 떠올랐기 때문이었다.

당소진과 당해가 유대웅의 실력을 재단하고 있을 때 일행과 다소 떨어진 곳에 자리를 잡은 유대웅과 당학운 역시 밝은 얼굴로 대화를 나누고 있었다.

"이런 산속에서 만나 뵐 줄은 정말 몰랐습니다."

"그렇게. 나도 무척 놀랐다네."

"저야 사문으로 가는 길이지만 어르신께선 어째서 이런 산속에……."

함부로 질문을 하기가 어려웠는지 유대웅이 말끝을 흐렸다.

"정무맹에 가는 길이라네."

"아! 정무맹에서 정무맹에 속한 각 문파에 동원령을 내렸다고 들었습니다."

"그렇긴 하네만 사실 우리에게까지 병력을 요청한 것은 아닐세."

당학운의 표정이 살짝 일그러졌다.

"예? 요청한 것이 아니라니요?"

유대웅이 두 눈을 동그랗게 뜨고 반문했다.

"알아서 기는 것이지."

"……"

"솔직히 말해 당가는 정무맹에서 다소 배척을 받는 위치네. 우리 쪽 인물이 그곳에 상주해 있기는 하지만 정무맹의 양대세력이라 할 수 있는 구파일방은 물론이고 오대세가와도 그다지 친분을 쌓지 못하고 있고."

"그렇군요."

유대웅은 더 이상 묻지 않았다.

자존심 강하기로 천하에서 둘째가라면 서러워할 당가가 정무맹의 공식적인 요청도 없이 알아서 병력을 보낸다는 것은 장차 다가올 장군가의 위협에서 조금이나마 벗어나고자 하는 자구책임을 미루어 짐작할 수 있었기 때문이었다.

"한데 그쪽은 요즘 어떻게 돌아가고 있다고 합니까?"

유대웅이 화제를 돌리며 물었다.

이미 하오문을 통해 상당한 정보를 얻고 있기는 하지만 당가는 당가대로 상주해 있는 인원을 통해 상당한 정보를 얻었을 터였다.

"특별한 것은 별로 없네. 그저 사사천교를 응징하기 위해 분주히 움직이고 있다는 정도? 그나저나 사사천교의 저력이 참으로 무섭더군. 정무맹의 맹공으로 금방이라도 지리멸렬할 것 같더니만 끈질기게 살아나. 아니, 그 정도가 아니라 계속해서 세력을 키우고 있으니."

당학운은 전염병처럼 번져 가는 사사천교의 힘에 혀를 내둘렀다.

"종교라는 것이 그만큼 무섭다는 것이겠지요."

"그러게. 과거에 그들을 제압하기 위해 관부는 물론이고 전 무림이 나서서 그토록 고생을 했다고 하더만 이제 이해가 가네."

"하지만 저는 그런 사사천교를 암중으로 움직이고 있는 장군가의 힘이 더 공포스럽습니다."

유대웅의 말에 당학운이 고개를 끄덕였다.

"그렇지. 대체 어떤 자들이기에 그런 힘을 지닌 것인지 알 수가 없어."

"정무맹에선 별다른 소득이 없다고 합니까? 그들도 장군가를 쫓고 있는 것으로 아는데요."

"내가 알기론 없다네. 처음엔 사사천교의 배후로 그들을 지목하고 열심이 찾는 것 같더니만 좀처럼 꼬리를 잡지 못하자 아예 포기를 한 모양이야. 모든 정보력을 사사천교에 집중하고 있다더군. 또 모르지. 이미 찾아내고서 우리에겐 알려주지 않는 것인지도. 한데 자네 쪽은 어떤가?"

"낙성검문을 비롯하여 놈들의 흔적을 찾고는 있지만 완벽하게 꼬리를 자른 듯합니다."

"그런가? 아무튼 기겁할 일이었네. 낙성검문이 놈들과 연관이 있다니 말이야. 그 말을 들었을 때 노부는 물론이고 본가에서도 난리가 났었다네."

"그랬습니까?"

"당연하지. 다른 곳도 아니고 낙성검문일세. 절강의 패자 낙성검문이 장군가의 수족 노릇을 하고 있었으니 어찌 기함하지 않을 수 있겠는가?"

"전 그럼에도 불구하고 정무맹에서 별다른 움직임을 보이지 않는 것에 더 놀랐습니다."

유대웅이 피식 웃음을 터뜨리자 당학운이 쓰게 웃으며 고개를 흔들었다.

"처음부터 움직이지 않은 것은 아니지 않은가? 다만 흔적을 제대로 찾지 못하자 자네 쪽에서 흘린 역정보라고 판단한 것이지."

"그게 더 한심하다는 겁니다. 제대로 조사를 해보지 않고 그런 판단을 내리다니 말입니다."

"사사천교 때문일 것이네. 아무래도 눈앞에 있는 적에게 더 신경이 쓰이는 법이니까."

"후~ 장군가에 비하면 사사천교는……."

말을 하던 유대웅이 갑자기 입을 다물었다.

"왜 그러는가?"

당학운이 의혹 어린 눈길로 묻자 유대웅이 웃음을 지으며 말했다.

"아무래도 손녀 분께서 궁금한 것이 많은 모양입니다."

"손… 녀?"

유대웅이 가리키는 곳을 바라보던 당학운이 짧은 한숨을 내쉬었다. 어느새 다가온 당소진이 귀를 쫑긋 세우고 있는 것을 본 것이었다.

*　　*　　*

"악!"

외마디 비명과 함께 가등이 얼굴을 부여잡았다. 얼굴을 덮은 손 위로 붉은 피가 줄줄 흘러내렸다.

"애꿎은 수하들을 죽였으면 같이 뒈지기라도 할 것이지 어디를 기어들어 와!"

술병을 집어던져 가등의 이마를 깬 것으로 성에 차지 않는지 대홍채주 추왕은 금방이라도 폭발할 것처럼 흥분을 감추지 못하고 연신 씩씩거리고 있었다.

"매, 매형. 그, 그게 아니라……."

"닥치라고!"

의자를 박차고 뛰쳐나간 추왕은 아무렇게나 손을 뻗어 잡히는 물건으로 닥치는 대로 가등의 몸을 후려쳤다.

가등은 찍소리도 못하고 그저 바닥에 납작 엎드린 채 최대한 몸을 숙이고 머리를 보호하며 추왕의 모진 매질을 온몸으로 받아냈다.

"그만하쇼, 형님. 이러다 진짜 뒈지겠수다."

보다 못한 범웅이 추왕의 팔을 잡아챘다.

분노로 이성이 마비된 추왕은 감히 겁도 없이 자신을 막아선 자를 응징하기 위해 살기를 드러내다 그가 범우임을 확인하곤 겨우 진정을 했다.

"뒈지라고 팬 거다. 그런데 목숨줄이 더럽게 질겨서 잘 뒈지지도 않아."

추왕은 피가 잔뜩 묻은 멧돼지 다리뼈를 가등의 머리에 던지고 자리로 돌아왔다.

애당초 목숨을 끊을 생각이었으면 여러 번 매질을 할 것도 없이 단 한 방으로 보낼 수 있다는 것을 알기에 범웅은 피식 웃음을 터뜨리며 가등의 몸을 발로 툭툭 건드렸다.

범웅은 가등이 힘겹게 고개를 들자 턱짓으로 자리로 돌아가란 신호를 보낸 뒤 몸을 돌렸다.

"어찌 보면 이번 일이 꼭 가등의 잘못이라고는 볼 수는 없을 것 같수."

"뭔 소리야?"

"함께 간 장로들까지 모조리 당했잖수. 그걸 보면 상대의 실력이 보통이 아닌 모양이오. 안 그렇수? 유일하게 살아남은 섭방 장로님."

범웅의 조롱 섞인 말에 인상을 확 찌푸리던 섭방이 이내 냉정을 되찾고 입을 열었다.

"반은 맞고 반은 틀렸다."

"뭐요?"

범웅이 누런 이를 드러내며 으르렁거렸다.

"누가 보더라도 이번 일은 좋은 건수였다. 다만 상대가 그 정도로 강하다는 것을 예측하지 못한 것은 불행한 실수지. 문제는 그것을 알아챈 이후의 행동이다."

매섭게 변한 섭방의 눈이 가등에게 향했다.

"처음의 피해는 어쩔 수 없었다. 상대의 실력을 가늠해 볼 수 있는 최소한의 대가였으니까. 하지만 놈이 진정한 실력을 드러내며 우리에게 물러가라 경고했을 때 우린 놈의 제안을 받아들여야 했다."

섭방의 입에서 참담한 한숨이 흘러나왔다.

"가등은 우리들의 충고를 무시하고 놈에게 달려들었다. 그리고 결과는 처참했다. 많은 수하가 죽었고 지금의 대홍채를 만들었던 늙은 친우들이 죽었다. 노부만 유일하게 살아남았다고 했느냐? 살아남은 것이 아니라 놈이 목숨을 적선한 것이다."

섭방의 눈이 추왕에게 향했다.

"놈은 노부에게 운이 좋다고 했소. 그리곤 다시는 볼 일이 없었으면 좋겠다고 하더이다. 한번 시작하면 끝장을 보는 성격이라나."

"경고라는 거요?"

"그렇소, 채주. 놈이 노부의 목숨을 살려준 것은 이후에도 건드리지 말라는 경고를 하려 함이었소."

섭방의 말에 범웅이 손에 든 술잔을 산산조각 내며 소리쳤다.

"나원. 비굴하게 목숨을 건졌으면 부끄러운 줄 아쇼. 그게 뭐 자랑이라고."

"죽고 싶은 게냐?"

섭방의 눈에서 살기가 돌았다.

"죽일 수 있으면 죽여보시든가."

범웅이 히죽거리며 한 걸음 앞으로 다가섰다.

금방이라도 폭발할 듯 팽팽한 긴장감에 다들 숨을 죽였다.

"그만해라, 응."

추왕이 범웅을 말렸다.

"먼저 시작한 것은 저쪽 늙은이잖소."

"그만하라 했다."

자신에게 좀처럼 화를 내지 않던 추왕의 눈이 매서워지자 범웅도 기세를 누그러뜨릴 수밖에 없었다.

"섭 장로도 그만하시오."

범웅이 나대는 꼴이 같잖아서 그런 것이지 애당초 채주 앞에서 피를 보고 싶은 마음이 눈곱만큼도 없던 섭방은 별다른 말 없이 기세를 거두고 물러났다.

"이유야 어찌 되었든 일은 이미 벌어졌고 생각지도 못한 피해를 입고 말았소. 상대가 강하다고 하더라도 그냥 물러날 수는 없는 일 아니오?"

추왕의 말에 섭방은 고개를 흔들었다.

"잊어버리시구려, 채주. 자칫하면 채주도 가등을 막지 못하고 놈에게 친우와 수하들을 잃은 이 늙은이의 참담함을 경험할 수 있소."

"그 많은 수하를 잃고도 복수를 하지 않는다면 다른 수하들이 본 채주를 어찌 생각할 것이며 게다가 고작 두 놈을 상대하지 못해 물러났다는 것이 밖으로 알려진다면 다른 산채에서 우리 대홍채를 얼마나 비웃겠소."

"그자와 충돌하여 우리가 감내해야 할 피해를 감안했을 때 그 비웃음 따위는 문제도 아니오."

섭방은 유대웅과 대홍채의 싸움만큼은 목숨을 걸고 막아야 한다고 여겼다.

"그렇게 강하오?"

이미 사건의 전말을 전해 들었지만 섭방의 말이 도저히 믿기지 않았던 추왕이 떨떠름한 표정으로 다시 물었다.

"강하오. 지금껏 그처럼 강한 인물은 본 적이 없소, 채주. 심지어 총채주님과 비교를 해봐도……."

섭방은 불경스럽다는 생각에 감히 뒷말을 잇지는 못했지만 뜻만큼은 확실하게 전달되었다.

"총채주님과 비견된단 말이오?"

추왕이 경악에 찬 표정으로 되물었다.

섭방이 대답을 하기도 전, 극도로 분노한 범웅이 앞에 놓인 탁자를 후려치며 일어났다.

"이런 빌어먹을! 노망이 났으면 곱게 물러날 것이지 어디서 그따위 망발이야!"

"아우!"

"형님도 듣지 않으셨소? 어디서 감히 총채주님을 비교한단 말이오?"

총채주를 신과 같이 추앙하는 범웅이 아니던가.

분노로 꼭지가 돌아버린 그의 모습에 추왕은 머리가 지끈거렸다.

"내가 가겠소. 내가 가서 놈들의 목을 소금에 절여와서 저 늙은이의 말이 헛소리라는 것을 내 증명하겠다는 말이우."

연이은 모욕에 채주 앞에서 가급적 분란을 일으키고 싶지 않았던 섭방의 인내력도 한계에 다다랐다.

"주둥이를 함부로 놀리지 마라. 너 따위에게 그런 소리를 들을 정도의 노부가 아니다. 증명이라고 했느냐? 네놈의 알량한 자만심 때문에 대홍채를 위기에 빠뜨릴 수는 없으니 노부가 증명해 주마. 네놈의 실력이 얼마나 보잘것없는지를 말이다."

범웅과 섭웅이 첨예하게 각을 세우자 모여 있던 대홍체의 수뇌들도 양측으로 나뉘어 살기를 드러내기 시작했다.

추왕은 한숨을 내쉬었다.

범웅의 편을 들자니 대홍채의 뿌리라 할 수 있는 원로들이 마음에 걸렸고 섭방의 의견을 존중하자니 대홍채의 기둥과도 같은 범웅과 그를 따르는 신진세력들이 마음에 걸렸다.

그렇지만 언제까지 주저할 수는 없었다.

잠시 눈을 감고 스스로에게 질문을 던진 추왕은 이내 결정을 내렸다.

"범웅."

"예, 채주."

"네가 다녀와라. 쓸 만한 놈들로만 뽑아서."

"맡겨주쇼."

자신의 의견이 받아들여졌다고 여긴 범웅이 환한 얼굴로 말했다.

"섭 장로."

"말씀하시오, 채주."

"장로의 우려가 어떤 것인지 미루어 짐작할 수 있소. 하나, 이대로 보내기엔 마음에 걸리는 것이 너무 많소. 녀석의 무례는 잠시 잊고 지원을 해주시구려."

"명령이오?"

"부탁으로 해둡시다."

"알겠소이다."

"고맙소."

섭방이 힘없이 고개를 흔들었다.

"후~ 그저 채주의 결정에 후회할 일이 없기만을 바랄 뿐이오."

                    *   *   *

"찾았느냐?"

"예. 이곳에서 서북쪽으로 십 리 정도 떨어진 곳에서 이동 중이라 합니다. 한데 문제가 있습니다."

"문제?"

범웅의 눈꼬리가 확 치켜올라갔다.

"일행이 있다고 합니다."

"일행이라니? 두 명이라 하지 않았나?"

범웅이 확인 차 섭방에게 고개를 돌렸다.

추왕의 부탁 아닌 부탁에 어쩔 수 없이 범웅을 따라나섰지만 섭방의 표정은 어둡기 그지없었다.

"우리와 부딪쳤을 때만 해도 두 명이었다."

"흥, 어쩐지 이상하더라니. 애당초 두 명이서 그 많은 금괴를 운반한다는 것 자제가 이상했어. 몇 냉이나 된다느냐?"

"삼십 정도 된다고 합니다."

"제법 많군."

생각보다 많은 인원에 범웅도 조금은 긴장하는 듯했다.

"어떤 놈들인지는 모르고?"

"아무래도 너무 가까이 접근하면 들킬 가능성이 높아서인지 그건 확인하지 못한 듯합니다."

"상관없다. 어차피 쓸어버릴 놈들이야."

범웅이 스산한 웃음을 지으며 살기를 내뿜자 섭방이 우려 섞인 음성으로 말했다.

"신중해라. 상대의 전력도 제대로 알지 못하고 부딪치는 것처럼 무모한 짓은 없다."

"분명히 해둡시다. 이번 싸움의 수장은 나요. 결정을 내리는 것도 나고."

"……."

노기 띤 얼굴로 한참이나 범웅을 노려보던 섭방이 고개를 돌렸다. 그것을 본 범웅이 입꼬리를 말아올리며 명을 내렸다.

"운휴령(雲休嶺)에서 놈들을 잡는다."

"본가에선 아직 별말 없더냐?"

"아직 아무런 말도 없습니다만 곧 연락이 오리라 봅니다."

대답을 한 당해가 당학운의 눈치를 보며 조심스레 입을 열었다.

"그런데 이게 잘하는 것인지 모르겠습니다."

"뭐가 말이냐?"

"솔직히 이번 출행의 목적은 정무맹에서의 위치가 많이 위축되어 있는 본 가의 존재감을 알리기 위함으로 알고 있습니다."

"그랬지. 아울러 장차 다가올 위협에 대한 대비를 하기 위함이기도 하고."

"그런데 어째서 정무맹이 아닌 화산으로 길을 잡으신 것인지 이해할 수가 없습니다."

"저도요. 작은할아버지."

한참 전부터 기회를 엿보던 당소진이 얼른 끼어들었다.

"시간이 좀먹는 것도 아니고 우리가 조금 늦는다고 사사천교가 금방 무너질 것 같지는 않구나."

"본가에서 틀림없이 말이 나올 겁니다."

당해의 말에 당학운이 빙그레 웃었다.

"나오겠지. 하지만 걱정할 건 없다. 내가 그 친구를 따라 화산파에 들른다고 하면 오히려 환영하면 환영했지 반대할 사람은 없어."

당해가 이해가 가지 않는다는 표정으로 다시금 반문하려 했을 때 두 눈을 동그랗게 뜬 당소진의 반응이 조금 더 빨랐다.

"집안 어르신들은 다들 저 사람을 안다는 말이군요. 그런데 어째서 소녀는, 아니, 우리는 몰랐을까요?"

당학운이 빙그레 웃었다.

"이제부터 알면 되겠지. 지금 당장 저 친구에 대해선 해줄 말이 별로 없구나. 다만 저 친구가 장차 무림을 강타할 폭풍의 핵으로 떠오르리란 것만큼은 확실하게 얘기해 줄 수 있다."

"대단한 실력이기는 했으나 진정 무림을 뒤흔들 만한 실력이 되겠습니까?"

당해가 회의적인 표정으로 물었다.

"충분하다."

"작은할아버지보다 강해요?"

옆구리를 쿡 찔러오는 당소진의 물음에 입맛을 다신 당학운이 고개를 끄덕였다.

"틀림없이 강하다."

"예에?"

"설마요!"

당학운이 당가에서 어느 정도 위치에 있는지 정확하게 알고 있었던 당해와 당소진은 믿을 수 없다는 듯 경악성을 터뜨렸다.

"쯧쯧, 아직도 노부의 말을 제대로 이해하지 못했구나. 당금무림에서 저 친구를 상대할 사람은 몇 되지 않을 게다. 믿지 못하겠느냐? 하지만 걱정하지 말거라. 불청객이 왔으니 다시금 저 친구의 실력을 보게 될 테니까 말이다."

당학운의 말이 끝나기도 전, 일행의 움직임이 멈춰졌다.

후미에서 운종과 나란히 걷던 유대웅이 굳은 표정으로 앞

으로 걸어왔다. 표정으로 보아 이미 적의 정체를 알고 있는
듯했다.

유대웅은 일행을 가로막고 있는 적들 사이에서 굳은 표정
으로 서 있는 섭방을 보며 싸늘히 웃었다.

"이것 참. 다시는 보고 싶지 않다고 했는데 경고가 부족했
나 보구려."

"충, 충분했소. 다, 다만……."

대답이 궁색했던 섭방이 당황한 기색으로 말끝을 흐리자
범웅이 가소롭다는 듯 어깨를 건들거리며 앞으로 나섰다.

"이몸께서 그 경고를 받아들이지 못하겠다는 거다."

유대웅은 불안에 떠는 섭방의 모습과 그런 섭방에게 비웃
음을 흘리는 범웅을 보며 상황을 어느 정도는 짐작할 수 있었
다.

"우리가 도와주겠소."

당해가 유대웅의 곁으로 다가오며 말했다.

"아닙니다. 우리를 노리고 온 놈들입니다."

"그래도……."

당해가 재차 말을 하려 할 때 그의 어깨를 잡은 당학운이
고개를 흔들었다.

"방금 얘기했지 않더냐? 그의 실력을 제대로 볼 좋은 기회
라고."

당학운의 말에 당해는 금방이라도 뛰쳐나갈 것 같은 팔기 대원들에게 움직이지 말라는 신호를 보냈다.

검을 뽑는 운종을 손짓으로 만류한 유대웅이 천천히 걸음을 옮겼다.

눈앞에 수많은 적이 있음에도 내딛는 걸음걸이엔 한 점 망설임이 없었다.

범웅이 눈이 차갑게 가라앉았다.

비록 급한 성격에 스스로의 실력에 대한 자부심이 하늘을 찌르고 있었지만 대홍채에서 세 손가락 안에 들어가는 범웅의 실력은 결코 만만한 것은 아니었다.

범웅은 유대웅의 전신에서 스멀스멀 피어오르는 기세에 섭방의 말이 결코 거짓이 아니라는 것을 느낄 수 있었다.

"오만한 놈 같으니!"

백 명이나 되는 수하를 아랑곳하지 않고 거리낌없이 접근하는 유대웅의 모습에 짜증이 솟구친 범웅이 눈짓을 보냈다.

살기 띤 외침과 함께 유대웅을 향해 사방에서 공격이 시작되었다.

하지만 유대웅은 아무런 반응도 보이지 않았다. 그저 무심한 얼굴로 범웅을 바라보며 일직선으로 걸음을 옮길 뿐이었다.

"크악!"

날카로운 비명과 함께 뜨거운 피가 주변을 적셨다.

그것을 시작으로 끊임없이 비명이 터져 나오고 무수한 피가 허공에 흩뿌려졌다.

화려한 움직임도, 놀랄 만한 무공을 시전한 것도 아니었다.

그저 공격하는 이들을 막아내고 가볍게 반격을 가하는 수준에 불과했다. 그럼에도 유대웅을 공격하는 상대하는 적들은 궤멸적인 타격을 입어야 했다.

초천검과 부딪친 모든 병장기가 산산조각이 났고 막강한 내력에 치명적인 내상을 입으며 쓰러졌다.

범웅은 자신을 향해 거침없이 다가오는 유대웅의 모습에 소름이 끼쳤다.

대흥채 산적들의 피와 살로 점철된 하나의 길이 만들어졌다.

그 길은 일직선으로 범웅에게 향해 있었다.

범웅과 마주하게 된 유대웅이 초천검을 그에게 가리키며 나직이 말했다.

"실력을 보여봐라."

"죽엇!"

이를 악문 범웅이 혼신의 힘을 다해 유대웅을 공격했다.

초천검을 위로 치켜올리는 동작만으로 간단히 공격을 막아낸 유대웅이 실망스런 표정으로 말했다.

"한심하군. 그저 말만 내세우는 놈이라니. 이따위 실력으로 수하들을 사지에 몰아넣는 네놈은 살아 있을 자격이 없다."

범웅의 머리를 노리고 초천검이 움직였다.

범웅이 칼을 들어 초천검을 막았다.

하지만 유대웅의 검은 무거웠다.

칼을 통해 느껴지는 압력에 범웅의 안색이 확 변했다.

범웅의 칼에 막힌 초천검은 튕겨 나가지 않고 여전히 아래로 움직이고 있었다.

칼을 부여잡고 필사적으로 버텨내는 범웅.

초천검의 막기 위해 온몸의 힘을 모조리 동원했지만 짓누르는 초첨검의 힘을 감당하기가 버거웠다.

"으윽!"

비명과 함께 범웅의 한쪽 무릎이 꺾였다.

뼈가 부러진 것인지 살갗을 뚫고 나온 이물질이 보였다.

쭉 뻗은 팔이 점점 굽혀지고 목은 자라목이 되었다. 당당했던 체구마저 초천검의 힘에 짓눌려 쪼그라드는 듯했다.

"아, 안 돼!"

초천검을 막고 있던 칼에 균열이 생기는 것을 본 범웅이 안타깝게 외쳤다.

그 외침이 끝나기도 전 칼날이 부러지며 초천검이 그의 목덜미를 파고들었다.

"끄끄끄."

의미를 알 수 없는 처절한 비명과 몸부림을 보며 대홍채 산적들은 숨조차 쉬지 못했다.

초천검은 범웅의 몸을 양단한 뒤에야 움직임을 멈췄다.

범웅의 몸에서 흘러나온 핏물 위로 한 사람이 무릎을 꿇었다.

섭방이 바닥에 머리를 찧으며 간절한 음성으로 말했다.

"살려주시오."

第三章
화산(華山)의 치욕(恥辱)

"화… 산입니다. 소사숙조님."

운종이 저 멀리 구름을 뚫고 치솟은 봉우리를 감격 어린 표정으로 바라보며 말했다.

여섯 살에 화산파에 입문하여 평생을 화산에서 살아왔지만 화산의 모습에 지금처럼 가슴이 뛰기는 처음이었다. 아마도 절체절명의 순간에 화산을 떠났고 어쩌면 화산파의 유일한 구원자(?)라 할 수 있는 유대웅과 함께 돌아왔기 때문에 그런 감정을 느낀 것이리라.

"언제 보아도 화산의 모습은 장관일세. 그간 화산보다 크고 높은 산을 많이 보아왔지만 저 칼날 같은 기세만큼은 그 어떤 산도 따라오지 못했지."

당학운의 말에 유대웅이 고개를 돌리며 물었다.

"화산에 오신 적이 있습니까?"

"물론이네. 최근에 다녀간 적은 없지만 소싯적에 대여섯 번 되지, 아마. 처음엔 세가의 일로 찾았으나 나중엔 화산의 산세가 그리워 조용히 찾기도 했지. 지금 보이는 봉우리가 아마도 낙안봉이겠지?"

"예. 남봉 낙안봉입니다."

대답하는 유대웅의 얼굴이 어딘지 서글펐다.

그의 표정에서 뭔가 사연이 있으리라 여겨졌지만 당학운은 굳이 묻지 않았다.

옆에서 듣고 있던 운종이 조용히 말했다.

"낙안봉은 검선 태사조님께서 머무시던 곳입니다."

"아! 그랬군. 화산검선께서."

유대웅이 화산검선의 숨겨진 제자라는 섯을 알고 있던 당학운은 유대웅이 어째서 그토록 슬프고 아련한 눈으로 낙안봉을 바라보고 있는지 이해를 했다.

"자, 서두르죠. 화산이 코앞입니다."

애써 슬픈 기운을 떨쳐낸 유대웅이 밝게 웃으며 말했다.

오랜 여행에 지친 팔기대원들의 얼굴이 밝아졌다.

그들을 보며 당학운은 내심 혀를 찼다.

코앞이라 했지만 적어도 반나절은 더 가야 옥천원이 있는 북쪽 능선에 들어선다는 것을 알고 있었기 때문이었다.

"음."

한쪽 기둥이 부러진 채 위태롭게 서 있는 산문을 본 유대웅의 입에서 짧은 신음이 흘러나왔다.

화산파의 얼굴이라 할 수 있는 산문조차 제대로 수리하지 못하는 것이 작금의 화산파가 처한 상황이라는 생각에 마음이 무거웠다.

굳은 얼굴로 산문 기둥을 쓰다듬던 유대웅이 미간이 살짝 찌푸려졌다.

산 위에서 바람을 타고 흘러온 음식 냄새가 후각을 자극한 것이다. 한데 문제는 냄새 속에 담긴 향이었다.

"이, 이게 무슨 냄새지?"

"음식 냄새네."

"이야! 고기도 굽는 모양인데. 향이 정말 죽인다."

그동안 기름진 식사를 제대로 하지 못한 팔기대원들이 연신 코를 벌름거리며 떠들어댔다.

그들은 그저 본능에 충실할 뿐이었지만 딱딱하게 굳은 유대웅과 운종의 표정을 보며 당해는 아차 싶었다.

무당파나 공동파처럼 꽉 막힌 도문이 아니라 나름 자유로운 삶을 추구하는 도인들이 많은 화산파였으나 이토록 노골적으로 고기 냄새를 풍기는 행동은 감히 상상도 할 수 없는 일이었다.

"모두 입 닥치고 있어."

웃고 떠들던 팔기대원들이 일제히 침묵했다.

"미안하오."

당해가 유대웅에게 사과를 했다.

평소 당해의 성격이 어떤지 알고 있던 자들이 보았다면 기겁을 할 일이었지만 대홍채와의 싸움에서 유대웅이 보여준 신위가 어떠했는지 똑똑히 목격했고 당학운으로부터 어느 정도 언질을 받은 그였기에 유대웅을 대함에 있어 조금의 소홀함도 없었다.

"괜찮습니다. 사실을 말했을 뿐인데요."

"정무맹에서 병력을 파견했다고 하더니만 아무래도 그들인 모양이군."

당학운이 말했다.

"예. 그런 것 같습니다."

"그래도 그렇지. 아무리 도움을 주려고 온 자들이라 해도 청정 도량에서 이 무슨 해괴한 짓인지."

상식을 벗어난 무례에 제삼자라 할 수 있는 당학운은 마저도 몹시 불쾌한 표정을 지었다.

"일단 가보지요."

유대웅이 착 가라앉은 음성으로 말했다.

하지만 미처 몇 걸음을 떼기도 전 그는 일단의 무리에 의해 걸음을 멈출 수밖에 없었다.

"멈춰랏!"

일행의 앞을 가로막은 다섯 사내가 잔뜩 경계 어린 눈으로 노려보다 그중 제일 연장자로 보이는 이가 한 걸음 앞으로 다가서며 물었다.

"어디서 오신 분들이오?"

"화산파의 제자 운종이라 합니다."

운종이 얼른 앞으로 나서며 말했다.

"화산파의 제자란 말이오?"

"그렇습니다."

"증거가 있소?"

사내의 물음에 운종은 당황한 표정을 지었다.

화산파의 제자에게 화산파의 제자임을 증명하라니 딱히 입증할 뭐가 없었다.

"쯧쯧, 저 친구가 들고 있는 검을 보면 알 것이 아닌가?"

당학운이 운종이 들고 있는 검을 가리키며 말했다.

손잡이에 매화 무늬가 새겨져 있는 검은 화산파에서도 매화검수만이 소유하고 있는 검이었다.

"매화검수란 말이오?"

사내가 조금은 조심스런 태도로 되물었다.

"그렇습니다. 청우 사숙조님의 명을 받아 잠시 하산을 했던 운종입니다."

운종이 다시금 정중히 자신의 이름을 밝혔다.

"흠, 하면 이분들은 누구신지……."

사내는 당학운에게서 풍기는 예사롭지 않은 기운에 다소 주눅이 든 모습이었다.

"노부는 사천의 당학운이라 하네. 자넨 누군가? 사문은 어디지?"

당학운의 말에 사내가 깜짝 놀랐다.

비로소 팔기대원들이 손에 낀 녹피도 확인할 수 있었다. 녹피는 사천당가의 상징과도 같은 물건.

사내의 허리가 그대로 꺾였다.

"저, 저는 정무맹 철검단(鐵劍團) 철검삼대 소속 백촌(白忖)이라 합니다."

"철검단?"

당학운이 인상을 찌푸렸다.

정도문파의 연합체라 할 수 있는 정무맹은 휘하에 정검(正劍), 호검(護劍), 묵검(墨劍), 금검(金劍), 은검(銀劍), 철검(鐵劍)

이라 불리는 무력단체를 두었다.

각 단의 인원은 이백으로 고정되어 있었는데 그들 모두는 정무맹에 속한 문파들의 제자로 채워졌으며 의무적으로 최소한 삼 년은 철저하게 정무맹 소속으로 일을 해야 했다.

처음 정무맹이 만들어졌을 땐 정검단은 구파일방의 제자들로, 호검단은 오대세가의 제자들, 묵검단은 그 외 문파들의 제자로 구성이 되었지만 각 문파 간의 이해관계가 첨예하게 부딪치면서 많은 문제점이 발생하자 이를 해결하기 위해 머리를 맞댄 정무맹의 수뇌들은 추가로 금검, 은검, 철검단을 만들면서 구성원을 모조리 섞어버렸다.

그럼에도 각 단의 실력차는 엄연히 존재했는데 금검, 은검, 철검단이 새로이 생겼음에도 구파일방과 오대세가를 비롯하여 유력한 세력의 제자들이 정검과 호검, 묵검단에 우선적으로 배정되었기 때문이었다.

'흠, 철검단이라면 금검이나 은검단에 비해서도 다소 처지는 곳이라 들었거늘.'

당학운은 정무맹에서 무림의 평화에 지대한 영향을 끼친 화산파에 철검단을 파견한 것이 도무지 이해가 되지 않았다.

"정무맹에서 철검단만을 배치한 것인가?"

"그건 아닙니다. 때마침 인근에서 작전을 펼치고 있어서 저희가 우선적으로 배치되었을 뿐입니다."

"그럼 또 누가 왔는가?"

"은검단에서도 은검이대와 삼대가 도착을 했고 정검단에선 정검일대가 합류했습니다."

"음."

당학운은 정검일대가 합류했다는 말에 비로소 굳었던 안색을 폈다.

오십 명의 인원에 불과했지만 정검단의 실력을 익히 알고 있던 당학운은 정무맹이 화산을 외면한 것은 아니란 생각을 했다.

"노사(老師)들도 왔는가?"

"예. 모두 여섯 분이 오셨습니다."

"그렇군. 한데 언제까지 우리를 막고 있을 생각이지?"

"아, 죄송합니다. 오르시지요."

백촌이 얼른 물러나자 그때까지 눈치를 보고 있던 동료들도 재빨리 비켜섰다.

"가세나."

당학운의 말에 유대웅은 쓴웃음을 지었다.

화산파의 제자라 할 수 있는 자신과 운종 대신 당학운이 길을 열어준 셈이었으니 완전히 주객이 전도된 셈이었다.

유대웅의 표정을 살핀 당학운은 아차 싶었다.

"아, 이런. 노부가 실수를 했군."

"괜찮습니다."

괜찮을 리가 없었다.

애써 드러내지 않아도 유대웅의 속은 그야말로 부글부글 끓고 있었다.

백촌의 안내(?)를 받으며 산문을 지난 유대웅 일행.

옥천원이 가까워지면 가까워질수록 떠들썩한 소리와 고기 굽는 냄새, 주향이 더욱 진해지자 운종의 안색이 처참하게 일 그러져 갔다.

운종과는 달리 유대웅의 얼굴엔 아무런 표정도 없었는데 당학운은 착 가라앉은 그의 눈빛에서 섬뜩함을 느꼈다.

'이거 자칫하다간 사달이 나겠구나.'

당학운은 행여나 당가로 불똥이 튀길까 걱정하며 당해를 조용히 불러 팔기대원과 어디로 튈지 모르는 당소진의 단속 에 만전을 기하라고 넌지시 일러두었다.

"아!"

옥천원에 도착한 유대웅의 입에서 참담한 신음이 흘러나 왔다.

과거 그가 보았던 옥천원은 이미 사라지고 없었다.

화산파의 대소사를 결정하던 취의청은 주춧돌만 남긴 채 사라졌고 화산에서 가장 아름다운 건물로 꼽히는 명선각 또 한 몇 개의 기둥만 남아 있을 뿐이었다.

입문 제자들의 거처인 현무관과 속가제자들이 지내던 정무관이 남아 있기는 했으나 화마(火魔)를 피해가지 못한 듯 불에 타 무너지기 일보직전의 모습이 무척이나 흉물스러웠다.

하지만 무엇보다 유대웅을 참담하게 만든 것은 옥천원을 차지하고 있는 정무맹 무인들의 행태였다.

연무장 곳곳에 천막이 세워져 있는 것은 문제될 것이 없었다. 숙소로 써야 할 대부분의 건물이 무너져 내렸으니 어쩌면 당연한 일이었다.

반쯤 무너져 내린 현무관을 측간으로 사용하는 것도 정무관에서 불을 피우고 음식을 하는 것 또한 이해할 수 있었다.

치욕적이기는 해도 그것들은 언제든지 원상복구할 수 있는 것이었다.

문제는 그곳에서 준비되고 있는 음식들이었다.

정무관에서 엄청난 양의 돼지고기가 끓는 물에 삶아지고 기름에 볶아지고 뜨거운 불길에 구워지고 있었다.

음식을 기다리는 정무맹 무인들, 와자지껄 떠들고 있는 그들의 손에는 저마다 술잔이 들려 있었다.

"소, 소사숙조님."

운종이 눈앞에서 벌어지는 상황에 어쩔 줄을 몰라 하며 유대웅을 바라보았다.

유대웅은 아무런 말도 하지 않았다.

그저 너무도 고요하여 오히려 두려움을 느끼게 만드는 눈빛으로 주변을 살필 뿐이었다.

유대웅의 눈에 정무관 한쪽에 버려진 돼지들의 사체가 눈에 들어왔다.

붉은 핏물에 범벅되어 버려진 사체 위로 파리 떼가 새까맣게 내려앉아 있었다.

그 파리 떼가 자신을, 사형을, 사숙들을, 사부를 비웃는 것 같았다.

뜨거운 무엇인가가 저 밑바닥에서부터 끓어올라 참을 수가 없었다.

유대웅의 변화를 가장 먼저 알아차린 사람은 당학운이었다.

당학운이 정무관을 향해 움직이는 유대웅의 팔을 낚아챘다.

유대웅이 차가운 눈빛으로 당학운을 바라보았다.

"이곳은 화산일세. 장강이 아니야."

"장강이라면 지금까지 참지도 않았습니다."

"피를 볼 셈인가?"

"저들은 화산파를, 제 사형과 사부님을 모욕했습니다."

"그렇다고 해도 이건 아니지. 저들은 화산파를 지켜주기 위해 정무맹에서 파견한 자들이야."

"지키는 것이 아니라 능욕을 하기 위함이겠지요."

눈앞에서 정무맹의 행패를 본 당학운은 잠시 대꾸할 말을 찾지 못했지만 이내 고개를 흔들었다.

"어쨌거나 저들은 화산파를 도와주러 온 사람들이네. 게다가 정무맹의 사람들. 만약 피를 본다면 화산파는 상당히 곤란한 처지에 빠질 것이네."

"지금보다 나빠질 상황이 있다고 보십니까?"

유대웅이 냉소했다.

"자넨 화산파에서도 이런 상황을 알 터인데 침묵하고 있는 것이 이상하지도 않은가? 그 어떤 문파보다 자존심이 강한 화산파가."

"……."

유대웅이 멈칫하자 당학운의 음성에 힘이 실렸다.

"일단은 그 이유를 알아보는 것이 우선이라고 생각하네. 그 이후에 이들의 무례를 응징한다 해도 늦지는 않는다고 보네만."

당학운의 말에 딱히 반박할 말을 찾지 못한 유대웅은 치미는 분노를 억지로 가라앉혔다.

유대웅이 진정하는 모습을 보이자 안도의 한숨을 내쉰 당학운이 잔뜩 긴장한 표정으로 서 있는 백초를 불렀다.

"화산파의 제자들은 어디에 있는가? 보아하니 이곳에 머무는 것 같지는 않은데."

"청가평이라는 곳에 머무시는 것으로 압니다."

당학운이 고개를 돌리자 유대웅이 알아들었다는 듯 고개를 끄덕이며 운종을 불렀다.

"운종."

"예. 소사숙조님."

"청가평으로 가자."

"예."

"우리는 이곳에 남겠네."

당학운의 말에 유대웅이 살짝 허리를 숙였다.

"곧 제대로 모시겠습니다."

"신경 쓰지 말게. 우리 아니더라도 골치 아픈 일이 많을 테니."

가볍게 웃으며 손짓하는 당학운에게 쓴웃음을 지어 보인 유대웅이 몸을 돌리자 운종이 황급히 앞장섰다.

그런데 옥천원을 벗어날 즈음 그들을 막아서는 사람이 있었다.

"멈춰라."

복장이 비교적 자유로웠던 철검단과는 달리 운종의 앞을 가로막은 자들은 하나같이 눈이 부실 정도로 하얀 백의를 입고 있었다.

은검단이었다.

유대웅에게서 뭔가 모를 위험을 감지하고 불안한 마음에 조용히 뒤를 따르고 있던 백촌은 은검단이 유대웅의 앞을 막아서자 황급히 달려갔다.

"화산파의 제자 분들이오."

백촌의 말에도 은검단은 물러서지 않았다.

그들을 헤치며 삼십 중반의 사내가 모습을 보였다.

은검단 이대주 자충(紫忠)이었다.

"화산파의 제자라고?"

자충의 말에 백촌이 서둘러 대답했다.

"그렇습니다."

"확실해?"

"그렇습니다."

"그렇게 확신하는 증거라도 있는 모양이지?"

"예. 매화검수의 상징이라 할 수 있는 검을 보았습니다."

백촌의 말에 운종이 슬쩍 검을 들어 보였다.

자충이 코웃음을 쳤다.

"그럼 검이야 만들고자 마음만 먹으면 얼마든지 만들 수 있는 것이고. 다른 건?"

"그, 그게. 아, 당가에서 확인을 해주었습니다."

당가라는 말에 자충의 표정이 살짝 변했다.

"당… 가? 사천당가 말이야?"

"예."

"흐음."

당가가 확인을 해줬다는 말에 자충은 미간을 찌푸렸다.

애당초 그는 유대웅과 운종이 화산파의 제자임을 확신하고 있었다. 철검단이 아무리 어설프기로서니 아무런 확인도 없이 그들을 화산파의 영역으로 들일 리가 없었으니까.

그럼에도 유대웅과 운종의 앞을 가로막은 것은 이름도 알려지지 않는 삼류문파의 제자로 정무맹에 투신해 온갖 설움을 받으며 지금의 위치까지 오른 자신에게 주는 상과 같은 것이었다.

천하제일의 문파였던 화산파를 무시하면서 뭔가 모를 성취감과 뿌듯함을 느끼는 것이다.

한데 당가가 사이에 끼어들었으니 더 이상 트집을 잡을 수가 없었다. 몰락한 화산파와는 달리 당가는 자신 하나쯤은 언제든지 날려 버릴 수 있는 힘을 지닌 곳이었으니까.

"그런데 등에 진 궤짝은 무엇이지? 내용물은 확인했어?"

"예?"

화산파의 제자임이 확인이 되었는데 다른 곳도 아닌 화산파에서 그들의 짐을 어찌 확인을 한단 말인가!

백촌이 황당한 표정으로 되묻자 자충이 회심의 미소를 지었다.

"지금 상황이 어떤 상황인지 몰라?"

"하지만 이들은 화산파의……."

"설사 화산파의 제자라도 확인할 것은 철저하게 확인을 해야지. 우리에겐 화산파를 지켜야 하는 임무가 있다. 그럴 일은 없겠지만 사사천교의 간자들이 워낙 곳곳에 침투해 있어서 말이지."

말을 마치며 유대웅과 운종을 힐끗거리는 자충의 눈빛엔 명백한 조롱의 뜻이 담겨 있었다.

"오해는 하지 마시오. 이 모든 것이 다 화산파를 위하고자 하는 일이니."

유대웅과 운종에게 가식적인 웃음을 지어 보인 자충이 눈짓을 보내자 은검대원 한 명이 운종에게 다가왔다.

자충의 무례에 피가 거꾸로 솟았지만 유대웅 앞에서 함부로 행동할 수 없었던 운종은 피가 나도록 입술을 꽉 깨물며 유대웅만을 바라보았다.

그것을 허락으로 이해한 자충의 입가가 득의의 미소로 번들거리고 그의 명을 받은 은검대원은 조금의 망설임도 없이 궤짝에 손을 뻗었다.

궤짝에 손이 닿을 찰나였다.

묵직한 힘이 은검대원의 손을 잡았다.

자신에게 함부로 할 수 없다는 것을 확신한 것인지 대원의 입가에 비웃음이 가득했다. 그 웃음이 고통으로 일그러지는 것은 순식간이었다.

"으으윽!"

은검대원의 입에서 고통스런 신음이 흘러나왔다.

"꺼져라."

유대웅이 잡았던 손을 살짝 밀어내며 말했다.

말이 살짝이지 은검대원은 한참을 날아가 자충의 발아래에 꼴사납게 나뒹굴었다.

"이게 무슨 짓이오?"

자충이 착 가라앉은 음성으로 물었다.

도발은 자신이 했음에도 자충의 행동은 당당하기 그지없었다.

현재 화산파가 처한 입장에서 어떤 행동을 하더라도 절대적인 우위에 있다고 여기는 것이었다.

게다가 상대는 그래도 상대하기 어려운 화산파의 명숙이 아니라 이제 겨우 세상물정을 알아가는 제자들. 거리낄 것이 없었다.

"무례는 그대들이 먼저 하지 않았소?"

운종의 말에 자충이 대꾸했다.

"분명 양해를 구한 것으로 아오만. 이 모든 것이 화산파를 위한 것이라고."

"본 문의 위험을 알고 도움을 주는 것은 고맙지만 이런 무례까지 참을 수는 없소."

"쯧쯧, 참을 수 없다면 애당초 이런 상황을 만들지 않았으면 되었을 터. 사사천교 따위에게 그런 망신을 당했으면서 아직까지 자존심을 내세우는 것이오?"

"함부로 말하지 마시오!"

자충의 조롱에 운종의 얼굴이 벌게졌다.

"사실을 말했을 뿐이오. 아무튼 우리의 임무는 이곳을 지키는 것. 조금의 위험요소라도 의심이 되면 철저하게 조사하여 차단할 의무가 있소."

"우린 화산파의……"

"유감스럽지만 화산파의 제자라도 예외는 아니오. 말하지 않았소, 사사천교의 간자가 언제 어디서 어떻게 활동하고 있는지 알 수가 없다고. 위험을 사전에 차단할 수 있다면 화산파의 제자가 아니라 설사 화산검선이 살아 돌아온다고 해도 예외가 될 수는 없소. 알겠… 컥!"

자충은 미처 말을 끝내지 못했다.

어느새 다가온 유대웅이 그의 목덜미를 틀어쥐었기 때문이었다.

"너는 결코 넘지 말아야 할 선을 넘었다."

유대웅의 말은 차갑다 못해 한기마저 들 정도였다.

갑작스런 상황에 당황은 했지만 자충 또한 나름 인정을 받는 고수로서 재빨리 반격을 시도했다.

한데 어찌된 일인지 전혀 힘이 모이지 않았다.

어떤 제재를 당한 것도 아니고 그저 목덜미를 잡혔을 뿐인데 옴짝달싹할 수가 없었다.

"끅! 끅!"

유대웅의 우악스런 힘에 의해 허공에 매달린 자충의 입에서 숨넘어가는 소리가 흘러나왔다.

자충을 구하기 위해 다급히 움직이는 은검단원들.

그러나 그들은 유대웅이 내뿜는 살기에 압도당해 함부로 공격을 하지 못했다.

숨도 쉬지 못한 채 허공에서 바둥거리던 자충의 눈이 천천히 뒤집히고 몸에서 어느 순간 힘이 빠지기 시작하는 것이 보였다.

자충의 무례에 이성을 잃을 정도로 화가 났었던 운종은 막상 자충의 목숨이 위태로운 상황에 이르자 머리가 차갑게 식었다. 조금 전 당학운이 유대웅에게 한 말을 떠올린 것이다.

"소사숙조님! 피, 피는… 피는 안 됩니다."

운종이 무릎을 꿇고 떨리는 음성으로 유대웅을 말렸다.

"놈은 사부님을 모욕했다."

중얼거리듯 내뱉는 말.

그것으로 끝이었다.

자충은 화산파의 자존심을 짓뭉개다 유대웅의 역린이나 마찬가지인 화산검선을 모욕하는 우를 범하고 말았다. 백번을 양보해도 유대웅에게 있어 이는 결단코 용서할 수 없는 일이었다.

바로 그때였다.

파스스슷!

나직한 파공성과 함께 한줄기 기운이 유대웅의 옆구리를 파고들었다.

생각보다 날카로운 기습에 유대웅의 눈동자가 살짝 빛났으나 그뿐이었다.

유대웅은 차갑게 웃으며 들고 있던 자충을 옆구리 쪽으로 움직였다. 공격하는 상대가 손쉽게 방향을 바꾸지 못할 정도로 간발의 차이였다.

자충의 몸이 들썩이며 피가 튀었다.

유대웅을 노리다 급히 방향을 틀었던 기운이 자충의 몸을 온전히 피하지 못하고 그의 허벅지를 강타한 것이다.

"망할!"

욕설과 함께 한 중년인이 검을 겨누며 다가왔다.

화산파에 은검단을 이끌고 온 부단주 감유(鑑裕)였다.

감유 뒤로 은검삼대주 하첨은(夏添闇)과 두 명의 노인이 모습을 드러냈다.

"네놈은 누구냐? 누구길래 감히 이곳에서 행패를 부리는 것이냐?"

감유가 자신의 검에 부상을 당한 자충을 걱정스런 눈으로 바라보며 물었다.

"행패? 누가 행패를 부렸는지 모르겠군."

유대웅의 시선이 자신에게 향하자 재빨리 움직인 백촌이 그간의 상황을 빠르게 설명했다.

백촌의 설명을 듣는 감유의 얼굴이 시시각각 변했다.

'골치 아프게 됐군.'

작금의 사태를 초래한 자충에게 화가 치밀었으나 그래도 자신의 직속 부하였다. 게다가 다소 무리한 점이 있긴 해도 자충의 행동에 큰 어긋남은 없다는 생각도 들었다.

"그대의 행동은 이해가 가오. 분명 불쾌했을 것이오. 하지만 그의 행동도 이해를 해주시오. 그동안 우리는 사사천교와 무수한 싸움을 벌였고 놈들이 어떤 짓을 했는지 보아왔소. 모든 것이 화산파의 안전을 위한 조치였으니……."

"화산파의 안전?"

유대웅의 눈썹이 꿈틀거렸다.

"철검대는 물론이고 그에게도 우리의 신분을 정확하게 밝혔다. 심지어 당가에서까지 우리가 화산파의 제자임을 보증해 주었고. 그런데도 우리의 짐을 살펴보겠다는 것은 본 문을 모욕하겠다는 의미로밖에 해석할 수 없는 일. 아닌가?"

"그, 그건……."

딱히 대답할 말이 여의치 않던 감유가 말끝을 흐리자 뒤쪽에 있던 노인 중 한 명이 염소처럼 난 수염을 배배꼬며 가소롭다는 표정을 지었다.

"그래서 어쩌자는 것이냐? 화산파는 이미 외부의 위협에서 스스로를 지켜낼 힘을 잃었다. 해서 우리가 와 있는 것이다. 모욕이라 했느냐? 도움을 받았으면 그만한 모욕 정도는 감수해야 하는 것이다. 그리고 화산파는 그것을 받아들였다. 하니 그리 날뛰지 말란 말이다."

염소수염을 지닌 노인의 말이 끝나기가 무섭게 유대웅의 뒤쪽에서 노기에 찬 음성이 터져 나왔다.

"말이 지나치군."

당학운이었다.

유대웅을 보내고 뒤쪽에 남아 있던 당학운과 당가의 식솔들이 앞쪽의 소란에 황급히 달려온 것이었다.

"누구……?"

당학운의 출현에 노인이 미간을 찌푸리며 고개를 돌렸다.

안면은 없지만 전신에 풍겨오는 기도가 예사롭지 않기에 함부로 대할 수가 없었다.

"당학운이라 하네."

당학운이 자신의 이름을 밝히자 노인의 입에서 경악성이 흘러나왔다.

"일수비천(一手飛千)!"

놀라는 노인의 팔을 가볍게 잡은 다른 노인이 살짝 허리를 숙였다.

"오랜만입니다, 당 선배."

"벽산은검(碧山隱劍). 자네도 있었군."

"예."

벽산파(碧山派)의 장로 군월청(君月靑)이 희미하게 웃으며 대답했다.

당학운의 시선이 동료에게 향하자 군월청이 입을 열었다.

"천승검(千勝劍) 낙천진(洛仟震)이란 친굽니다. 하북 서원 문(西元門)의 장로지요."

"처음 뵙겠소이다. 낙천진이라 하외다."

낙천진이 그다지 탐탁지 않은 얼굴로 인사를 하자 당학운 의 눈에서 노기가 살짝 나타났다 사라졌다.

서원문 따위가 거드름을 피우는 것을 보니 당가의 위상이 참으로 많이 약해졌다는 생각에 짜증이 솟구쳤지만 자신까지

화를 낼 경우 상황이 더욱 악화되리라는 생각에 애써 참았다.

인사를 받지 않고 고개를 돌린 당학운이 군월청에게 말했다.

"이 일은 이쯤에서 마무리하는 것이 좋겠네. 다시 말하지만 이 친구는 확실하게 화산파의 제자네. 내 보증하지."

"그러지요. 그렇잖아도 은검이대주의 행동이 다소 지나치다 생각하고 있었습니다."

당학운의 성정을 누구보다 잘 알고 있었고 당가와 척을 지고 싶은 마음이 조금도 없었던 군월청은 웃으며 당학운의 의견을 받아들였으나 자신이 무시를 당했다고 여긴 낙천진은 그럴 생각이 전혀 없었다.

"이대주는 원칙대로 한 것뿐이외다. 한데 어찌 그의 잘못이라 하겠소이까?"

"자, 자네."

군월청이 당황해서 낙천진을 막으려 했지만 낙천진은 아랑곳하지 않았다.

"우리가 이곳까지 와서 먹을 것 제대로 먹지 못하고 편히 잠을 자지도 못하면서 화산파를 지키는 이유가 뭔가? 화산파를 지키라는 임무를 받았기 때문일세. 그리고 이대주는 그런 임무를 완수하기 위해 최선을 다한 것이지. 한데 칭찬은 해주지 못할망정 탓을 해야 되겠나?"

궤변 같은 낙천진의 말에 군월청이 뭐라 대꾸를 하려던 찰나 좌측에서 낙천진의 말에 맞장구를 치는 사람이 있었다.

"참으로 명쾌한 말이로군."

당학운의 고개가 홱 돌아갔다.

그의 눈앞에 봉황이 그려진 섭선을 살랑거리며 걸어오는 노인이 들어왔다.

'신도곤(申屠坤).'

당학운의 표정이 굳었다.

설마하니 당가와 상당한 악연(?)이 있는 신도세가의 장로가 이곳에 있을 줄은 예상치 못했다.

"이거 바쁘신 일수비천께서 화산까지 어인 일이시오?"

신도곤이 비아냥거리듯 물었다.

"오랜만이오, 은섬도(隱閃刀). 한 십여 년 된 듯싶소만."

"정확히 십이 년 되었소. 아직 내 물음에 대답하지 않으셨소만."

"정무맹으로 가는 길에 이 친구와 인연이 있어 잠시 들렀소."

"아, 그래서 쓸데없는 간섭을 하고 계셨구려."

"쓸데없는 간섭?"

당학운의 눈매가 가늘어졌다.

"쓸데없는 간섭이잖소. 이들은 맡은 바 임무에 최선을 다하고 있는데 일수비천께선 일방적으로 화산파 제자의 편을 드니 말이오."

"저들이 화산파의 제자라는 것이 밝혀졌음에도 무리한 요구를 하는 것이 이해가 되지 않을 뿐이오."

"생각하기에 따라선 무리한 요구라 할 수도 있소. 하나, 낙호법의 말대로 화산파의 안전을 위해선 그만한 불편은 어느 정도 감수해야 하는 것이오. 화산파는 스스로의 힘으로 자신들을 지키지 못하오. 화산파에서도 그 정도의 조치는 이미 인정을 한 것이고."

"음……."

어떻게든지 유대웅을 돕고 싶었던 당학운이었지만 화산파에서도 인정을 했다는 데선 말문이 막히고 말았다. 더 이상 정무맹과 척을 지면 이후, 당가까지 곤란해질 수 있기 때문이었다.

당학운이 입을 다물자 그때까지 자충을 제압하고 있던 유대웅이 혼절한 그를 신도곤의 발밑으로 내던졌다.

"지금 화산파에서도 인정을 했다고 했습니까?"

"그렇다."

"누가 인정을 한 것입니까?"

"누구긴……."

그러나 신도곤은 확실히 대답을 하지 못했다.

화산파가 딱히 인정을 했다기보다는 정무맹의 기세에 눌리기도 했고 정무맹의 도움이 필요했기에 별다른 항의를 하지 않은 것뿐이었다.

"딱히 말이 없으니 암묵적으로 인정한 것이지."

신도곤의 대답은 어딘지 궁색했다.

"암묵적이라……. 결국 힘으로 찍어 누르며 무시를 했다는 말이로군. 그리고 이제는 우리까지 찍어 누르시겠다?"

유대웅의 비아냥에 신도곤의 안색이 차갑게 변했다.

"허허, 이거야 원. 화산파의 어린 제자 놈에게 이런 소리를 들을 줄은 몰랐군."

"함부로 말하지 말게."

당학운이 얼른 끼어들자 유대웅이 가만히 고개를 저었다.

"이제 되었습니다. 저희를 도와주시려는 마음은 감사히 받겠습니다만 화산파의 일입니다."

"하, 하지만……."

"화산파의 일은 화산파가 해결합니다."

더 이상 끼어들지 말라는 경고였다.

당학운에 대한 음성도 조금은 싸늘해졌다.

"알았네. 그리하지."

고개를 끄덕인 당학운이 순순히 물러나자 오히려 당황한 것은 신도곤과 군월청이었다.

당학운의 성정을 제대로 파악하고 있던 둘은 어찌 보면 무례하기까지 한 유대웅의 행동에도 당학운이 별다른 말 없이 순순히 물러나자 도저히 이해가 되지 않는다는 표정이었다.

"운종. 청가평으로 가라."

"하, 하오나……."

"신경 쓰지 말고 가라. 내가 알아서 처리한다."

단호하기 그지없는 유대웅의 말에 운종은 고개를 끄덕였다.

"알겠습니다."

잠시 멈췄던 운종이 걸음을 옮겼다.

그의 앞을 은검단원들이 막고 있었지만 유대웅의 실력을 알기에 전혀 개의치 않는다는 표정이었다.

"이놈들이 보자보자 하니까!"

낙천진의 눈에서 불똥이 튀었다.

"막아랏!"

낙천진의 명에 은검단원들이 일제히 무기를 꺼내 들었다.

호기심 어린 눈으로 유대웅과 운종을 보던 신도곤이 슬쩍 한마디를 던졌다.

"죽이지는 마라."

대답은 오히려 막 초천검을 움직이는 유대웅으로부터 흘러나왔다.

"죽이진 않는다."

운종을 막아선 은검단원은 정확히 넷.

여유만만하게 무기를 들고 있던 그들은 운종의 머리 위로 모습을 드러낸 유대웅과 초천검에 기겁을 했다.

따따땅!

날카로운 금속성과 함께 부러진 무기들이 허공으로 비산했다.

유대웅이 재차 검을 움직였다.

무기가 있다 해도 막기가 불가능한 상황에서 이미 무기를 잃은 그들이 초천검을 막아내기란 불가능한 일.

피하려고 했으나 그마저도 여의치 않았다.

"으아악!"

"크악!"

은검단원들이 저마다 외마디 비명을 지르며 쓰러졌다.

그들의 부상은 똑같았는데 네 명 모두 허벅지에 깊은 자상을 입은 상태였다.

매화난비(梅花亂飛)란 초식으로 단숨에 네 명의 무기를 박살 내고 그것도 부족해 그 주인마저 항거불능으로 만든 유대웅의 움직임에 다들 입을 쩍 벌렸다.

뛰어난 무공도 무공이거니와 설마하니 자신들을 지키려고 온 정무맹의 무인들을 공격할 줄은 상상도 하지 못한 것이었다.

"네놈이 감히! 이러고도 네놈이 무사할 줄 알았더냐?"

낙천진의 외침이 온 산을 쩌렁쩌렁 울렸다.

유대웅은 잠시 멈칫거리는 운종의 등을 밀며 말했다.

"내가 하고 싶은 말이오."

착 가라앉은 음성에 알 수 없는 힘을 느낀 낙천진이 멈칫하자 신도곤이 너털웃음을 흘리며 말했다.

"허허, 자신의 실력에 꽤나 자신이 있구나. 그래. 네 죄는 화산파에 묻도록 하지. 쯧쯧, 그래도 한때는 천하를 좌지우지하던 화산파에서 어째서 너같이 사리분별하지 못하고 멍청한 놈이 배출되었는지 모르겠다. 하긴, 꼽추가 어른이라고 대접받는 상황이니."

신도곤이 일컫는 사람이 청우라는 것은 불문가지. 유대웅의 눈에서 한광이 뿜어져 나왔다.

"일 났군. 무사하기 힘들겠어."

유대웅의 눈빛을 본 당학운이 곤혹스런 표정으로 고개를 흔들었다.

"그러게 말입니다. 아무리 화산파라지만 정무맹 제자를 저리 만들었으니. 무사하기는 힘들 것 같습니다."

앞으로의 일을 수습하기가 만만치 않겠다는 생각에 군월청이 미간을 찌푸리며 대꾸했다.

그의 말에 당학운이 혀를 차며 말했다.

"쯧쯧, 잘못 알아들었군. 내가 말한 사람은 저 친구가 아니라 바로 자네들일세."

"예?"

군월청이 눈을 동그랗게 뜨고 물었다.

"자네 화산검선 노선배의 검을 본 적이 있는가?"

"그게 무슨 말씀이신지……."

당학운이 유대웅을 가리키며 말했다.

"오늘 보게 될 걸세."

第四章

소사숙(小師叔)

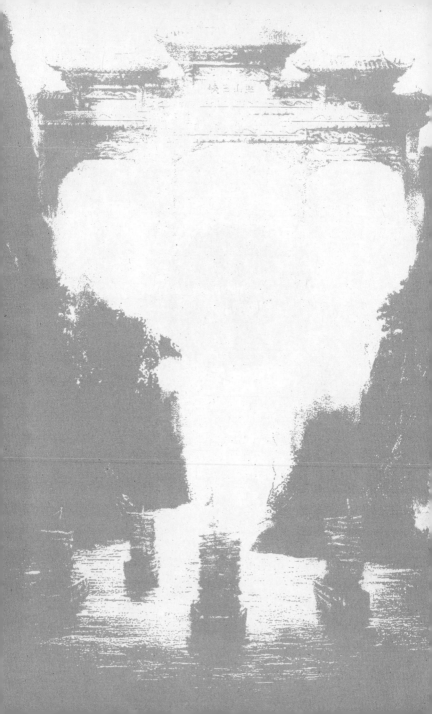

거대한 초천검이 믿어지지 않을 정도로 빠르게 움직였다.

유대웅을 공격했던 무기들이 힘없이 박살 나며 바닥으로 떨어져 내렸다.

"크악!"

초천검으로부터 전해진 암력을 감당하지 못한 사내가 부러진 손목을 부여잡고 뒷걸음질 쳤다. 그 옆의 동료는 검을 타고 내부로 침투한 내력에 몇 번이나 피를 토하다가 축 늘어지고 말았다.

"컥!"

외마디 비명과 함께 또 한 명의 은검단원이 중심을 잃고 비틀거렸다.

초천검의 옆면이 옆구리를 강타하자 그는 삼 장이나 날아가 처박혔다.

그를 구하기 위해 유대웅의 좌측으로 파고들었던 사내는 유대웅이 발길질에 걸려 동료와 똑같은 신세가 되었다.

첫 번째 공격을 간단히 무력화한 유대웅이 경악에 찬 눈으로 바라보는 은검단원들을 차갑게 노려보았다.

그 눈빛에 은검단원들이 흠칫 놀라며 침을 꿀꺽 삼키고 말았다.

잠깐의 대치.

기다리다 못한 유대웅이 한 걸음을 앞으로 움직였다.

동시에 초천검이 빠르게 사위를 휩쓸었다.

매화비류(梅花飛流)라는 부드러운 이름과는 달리 매섭게 흔들리는 초천검의 위력은 엄청났다.

유대웅의 정면에서 그를 상대하던 자들의 무기가 흔적도 없이 사라졌다.

그것이 시작이었다.

유대웅은 자신을 포위하고 있는 은검단의 무리에 스스로 뛰어들더니 무차별적으로 공격을 시작했다.

유대웅의 행동엔 거침이 없었다.

그를 막기 위해 은검단원들이 온 힘을 다해 일신에 지닌 절기를 쏟아내고 동료들과 함께 합공을 해봤지만 그 어떤 공격도 유대웅에겐 영향을 주지 못했다. 도리어 가벼운 반격에도 서너 명씩 나가떨어졌다.

"이놈!"

낙천진이 빨갛게 충혈된 눈으로 달려왔다.

당학운 곁에 있던 군월청 또한 딱딱하게 굳은 얼굴로 존재감을 드러냈다.

낙천진을 본 유대웅이 하얗게 웃었다.

사사천교의 공격에 옥천원이 잿더미가 되어 사라진 후, 화산파의 중심이 된 곳은 과거 매화검수들의 숙소이자 수련관으로 쓰였던 청가평의 무진관(武進館)이었다.

유대웅의 명에 따라 홀로 산을 오른 운종이 무진관에 모습을 드러낸 것은 이제 몇 남지 않은 매화검수가 막 수련을 끝내고 굵은 땀방울을 흘리고 있을 때였다.

"사, 사부님!"

운종이 노송에 기대어 앉아 땀을 식히고 있는 정진 도장을 보곤 감격에 겨워 소리쳤다.

첫 번째 화산혈사 이후, 매화검주에 오른 사부는 두 번째 사사천교의 공격에 맞서 누구보다 앞장서 싸웠다.

하오문의 정보력을 통해 당연히 목숨을 잃었으리라 생각했던 사부가 살아 있다는 것은 들어 알고 있었지만 막상 건강한 모습을 보게 되자 절로 눈물이 흘러내렸다.

"우, 운종이 아니냐?"

운종이 청우의 명에 의해 장강수로맹으로 떠났다는 것을 몰랐던 정진 도장은 죽은 줄 알았던 운종이 멀쩡히 살아 돌아오자 믿을 수 없다는 표정이었다.

"예. 사부님."

"이놈. 살아 있었구나."

제자들의 주검을 수습하는 과정에서 시신을 찾지 못해 혹시나 하는 마음이 있었으나 마음 깊은 곳에선 이미 운종의 죽음을 받아들이지 않았던가!

운종의 몸이 으스러지도록 껴안는 정진 도장의 눈에 뿌연 습막이 맺혔다.

"사형!"

"사제!"

놀란 눈으로 운종의 귀환을 바라보던 사형제들이 환호성을 지르며 달려왔다.

"이 녀석아. 대체 어디에 처박혔다가 이제서야 나타난 거냐? 사형이나 나나 네 녀석이 죽은 줄 알았다."

생존한 매화검수 중 최고참인 덕진 도장이 환히 웃으며 말했다.

"사숙조님의 명을 받고… 아!"

그제야 자신의 처지를 깨달은 운종이 황급히 물었다.

"처, 청우 사숙조께선 어디에 계십니까?"

"청우 사숙? 그분은 왜?"

"어디에 계시냐니까요!"

죽은 줄 알았던 사질이 살아 돌아왔다는 기쁨도 잠시, 운종의 무례한 태도와 음성에 덕진 도장의 눈썹이 확 치켜올라갔다.

덕진 도장이 엄한 눈빛으로 운종을 나무라려는 찰나 정진 도장이 먼저 입을 열었다.

"세설당(細雪堂)에 장문인과 계실 거다."

"알겠습니다."

운종이 별다른 예도 표하지 않고 사부와 사숙, 사형제들을 헤치며 달려가는 모습에 잔뜩 화가 나 있던 덕진 도장의 안색이 굳었다.

"사형."

"분명 무슨 일이 있는 것 같네. 어서 가보세."

정진 도장과 덕진 도장이 심각한 표정으로 운종의 뒤를 쫓자 남겨진 제자들은 지금의 상황을 대체 어떻게 이해를 해야 하는 것인지 모르겠다는 표정들이었다.

"사숙조님!"

운종이 세설당의 문을 박차고 들어섰다.

운설당에 모여 차를 마시며 화산파의 미래에 대해 논의하고 있던 다섯 명의 도인이 일제히 고개를 돌렸다.

"이게 무슨 버르장머리냐?"

말석에 앉아 있던 망진 도장이 버럭 호통을 쳤다.

평소라면 죄송스러워 감히 고개조차 쳐들지 못할 상황이었지만 지금 운종의 머릿속엔 오직 한 가지 생각뿐이었다.

"사숙조님!"

"돌아왔구나."

운종이 어째서 자신을 찾는지 알고 있던 청우가 밝은 미소와 함께 손짓했다.

"애썼다."

청우가 운종의 어깨를 가볍게 두드리며 나직이 물었다.

"왔느냐?"

"예. 오셨습니다. 하온데……."

가쁘게 숨을 몰아쉬는 운종의 표정은 실로 다급했다.

"허, 이걸 정말 믿어야 하는 건지 모르겠구려."

고개를 설레설레 흔드는 금천보(錦天堡)의 대장로 허가량(許價亮)을 보며 당학운이 너털웃음을 터뜨렸다.

"허허, 보이는 그대로요. 눈앞에서 벌어진 일을 믿지 않으면 뭐를 믿을 수 있겠소?"

"아무리 그렇지만……."

말끝을 흐리는 허가량은 벌어진 입을 다물지 못했다.

비단 허가량뿐만이 아니었다.

주변에 있는 모두가, 철검, 은검, 정검단은 물론이고 얼마 전 유대웅이 대홍채의 산적들을 쓰러뜨리는 모습을 직접 본 당가의 무인들까지도 경악을 금치 못하고 있었다.

옆에서 지켜보는 사람들이 그럴 정도였으니 유대웅과 직접 검을 맞대고 있는 이들의 심정은 두말할 필요가 없었다.

운종이 청가평으로 떠난 직후 시작된 싸움에서 은검단은 유대웅이 휘두르는 초천검에 그야말로 추풍낙엽처럼 쓰러지고 말았다.

유대웅의 실력이 압도적인 것도 있었지만 무엇보다 그들의 무기가 초천검의 힘을 감당하지 못한 것이 컸다.

단 한 번의 부딪침에 대부분의 병장기가 박살이 났고, 두 번, 세 번을 버티는 무기가 손에 꼽힐 정도였다.

거기에 난화보와 오행매화보를 적절히 사용하며 신출귀몰한 움직임을 보여주니 은검단은 변변한 반격도 해보지 못하고 순식간에 사십에 가까운 인원을 잃었다. 비록 목숨을 잃은 사람은 없었지만 다들 크고 작은 부상을 당한 채 쓰러졌다.

놀라운 것은 수하들이 쓰러지는 모습을 참지 못한 은검단 부단주 감유와 낙천진, 군월청이 합공을 했음에도 유대웅의 움직임을 막지 못했다는 것에 있었다.

감유는 그렇다 쳐도 최근 들어 크게 세를 불리고 있는 서원문의 장로 낙천진과 벽산파 장로 군월청의 무공은 결코 우습게 볼 수준이 아니었다.

군월청의 검에서 뿜어져 나오는 검기는 태산을 무너뜨릴 정도로 강맹했고 전신의 요혈을 노리며 짓쳐드는 낙천진의 쾌검은 섬전보다 빨랐다.

하지만 그들의 합공에도 유대웅은 물러서지 않았다.

오히려 그들을 압도했다.

강맹함엔 강맹함으로, 쾌검엔 쾌검으로 정면승부를 해서 상대를 질리게 만들었다.

그 과정에서 아무래도 실력이 떨어지는 감유가 버티지 못하고 나가떨어지자 상황의 심각함을 깨달은 신도곤이 애도 창룡을 앞세우며 유대웅을 압박했다.

낙천진와 군월청을 상대로 비교적 여유있는 모습을 보이던 유대웅도 신도곤이 본격적으로 싸움에 끼어들자 호흡이 다소 거칠어지고 몸놀림도 눈에 띄게 둔화되었다.

게다가 각자의 절기를 뽐내면서 약속이라도 한 듯 세 곳의 방위를 완벽하게 점하며 압박하니 시간이 지날수록 유대웅이 조금씩 수세에 몰리는 듯한 모습이었다.

　최소한 겉으로 보기엔 그랬다.

　"어쨌듯 더 이상은 무리일 듯싶소. 빨리 싸움을 멈추는 것
이 좋겠소."

　당학운이 의아한 눈초리로 바라보자 허가량이 답답하다는
듯 빠르게 말을 이었다.

　"저 친구가 뛰어난 실력을 지닌 것은 분명하오. 저들을 상
대로 이렇게까지 버틸 줄은 상상도 못했소. 후~ 솔직히 일대
일로 붙으면 아무도 이길 수 없을 정도로 대단하오. 하나, 더
이상 버틴다면 목숨을 장담할 수 없을 것이오. 설사 목숨을
건진다고 해도……."

　허가량이 뒷말을 흐렸지만 굳이 듣지 않아도 말하고자 하
는 의미를 알 수 있었다.

　'쯧쯧, 하나만 알고 둘은 모르는군. 저들의 합공이 강력하
기는 하나 팔기대의 십방멸극진보다 강하지 못하지. 거기에
당가가 자랑하는 십대암기 중 두 개를 사용하고도 전멸을 당
하다시피 했다. 사정을 봐준다고? 정말 사정을 봐주는 사람
이 누구인지를 모르는군.'

　누구보다 유대웅의 실력을 잘 알고 있는 당학운이었다.

　그의 눈은 정확했다.

　얼핏 보면 우위를 점하고 있는 것 같아도 유대웅을 상대하

고 있는 세 사람은 그야말로 죽을 맛이었다.

'이, 이걸 어찌 해석해야 한단 말인가?'

'위, 위험해!'

신도곤이 가세를 할 때만 해도 기세등등하게 유대웅을 공격하던 이들은 극도의 혼란에 사로잡혔다.

일신에 지닌 모든 공력과 절기를 동원하여 공격을 퍼부었지만 상대는 꿈쩍도 하지 않았다.

부상을 입히긴커녕 옷깃 하나 제대로 베지 못했다.

섬뜩한 반격에 도리어 몇 번이고 위기에 빠지며 놀란 가슴을 쓸어내려야 했는데 옆에서 합공을 해주는 이가 있었기에 망정이지 혼자 상대했다면 십 초도 버티지 못하고 쓰러졌을 터였다.

무엇보다 의문스러운 것은 과연 유대웅이 전력을 다해 자신들을 상대하는 것인지 알 수가 없다는 것이었다.

당장 지금의 상황만 놓고 보더라도 겉으론 자신들이 유대웅을 강하게 밀어붙이는 모양새지만 정작 유대웅의 표정에선 조금의 두려움도, 다급함도 보이지 않았다. 오히려 여유롭기 그지없는 모습이었다.

그들의 복잡한 마음과는 달리 유대웅은 그 나름대로 생각이 있었다.

사실 마음만 먹었다면 싸움은 이미 끝낼 수가 있었다.

세 사람의 합공이 강하긴 해도 무너뜨리지 못할 정도는 아니었다. 단지 때를 기다릴 뿐이었다.

그리고 마침내 그 때가 왔다.

'왔군.'

유대웅의 예리한 감각에 일단의 기운이 감지되었다.

너무도 친숙하고 그리운 느낌.

'사형.'

유대웅의 입가에 살며시 미소가 지어졌다.

잠시 후, 입가에 지어진 미소가 사라지고 유대웅의 전신에서 지금까지와는 차원이 다른 엄청난 기운이 뿜어져 나오기 시작했다.

"이, 이 무슨!!

세 사람의 눈이 경악으로 물들었다.

지금껏 유대웅은 최선을 다하지 않았다는 것을 비로소 깨달았다.

'매화삼십육검? 맞나? 비슷한 것 같기는 한데 어딘지……'

뭔가가 이상했다.

조금 전까지 자신들을 압박했던 매화삼십육검과는 비슷한 것 같으면서도 분명 어딘가 달랐다.

'확실한 건 매우 위험하다는 것.'

아직 제대로 펼쳐지지도 않았는데 그 힘을 느낄 수 있었다.

전신의 감각이 파르르 떨렸다.

군월청이 핏발 선 눈으로 신도곤을 바라보았다.

그 역시 이전과는 차원이 다른 위험이 다가오고 있음을 감지했다.

느릿느릿 움직이던 초천검에 속도가 붙기 시작했다.

검끝에서 무수한 검기가 치솟더니 순식간에 그들이 움직일 수 있는 방위를 완벽하게 차단했다.

그들이 할 수 있는 것은 그저 혼신의 힘을 다해 맞서 싸우는 것뿐이었다.

유대웅과 세 사람의 힘이 격렬하게 부딪치며 엄청난 충격파가 사방을 휩쓸었다.

결과는 극명했다.

신도곤과 군월청, 낙천진은 몇 걸음이나 물러난 뒤에야 겨우 중심을 잡을 수 있었지만 유대웅은 부드럽게 몸을 회전시키며 재차 공격을 하고 있었다.

군월청과 신도곤, 낙천진이 유대웅의 공격을 막기 위해 자세를 바로 잡을 때 그들은 자신들을 휘감는 기묘한 환영을 보게 되었다.

바람이 불었다.

봄바람에 휘날리는 매화처럼 그 바람을 타고 온 세상이 매화 잎으로 가득차기 시작했다.

'매, 매화?'

신도곤의 눈이 찢어질듯 부릅떠졌다.

화산에는 수백 년에 걸쳐 전해 내려오는 전설이 있었다.

매화삼십육검을 대성하고 극성으로 펼치게 되면 온 세상을 뒤덮는 매화를 볼 수 있다는 허무맹랑한 전설.

그 전설은 한 사람의 등장으로 현실이 되었다.

매화가 천하를 뒤덮는 순간, 그는 천하제일인이 되었고 검선으로 추앙받았다.

그리고 지금 이 순간, 또 한 번 매화향이 천하를 뒤덮으려하고 있었다.

'막아야 한다!'

지금 끊지 않으면 상대의 술수에 완전히 휘말린다는 생각에 신도곤은 피가 나도록 이를 악물었다. 그리곤 전신의 모든 공력, 심지어 선천진기까지 끌어모아 매화가 피어나는 진원지를 공격했다.

딱딱히 굳은 얼굴의 군월청과 낙천진이 그 뒤를 받쳤다.

주변을 잠식하던 매화가 심하게 요동을 쳤다.

하나 그뿐이었다.

매화는 쾌와 변이 제대로 조화를 이룬 절정의 도법이자 무림에서도 손꼽힐 정도로 뛰어난 섬결십이도법(閃決十二刀法)

의 최후초식에도, 천근거석이라도 단숨에 가루로 만들 정도로 강맹한 군월청의 공격과, 천승검이라는 별호답게 실전 경험이 누구보다 많았던 낙천진의 날카로운 공격에도 사라지지 않았다. 오히려 더욱 화사하게 피어나며 세력을 넓혀 나갔다.

"크으윽."

신도곤의 입에서 고통의 신음이 터져 나왔다.

입에선 검붉은 선혈을 토해내고 들고 있던 애도는 흔적도 없이 사라졌다.

군월청은 정신을 잃고 쓰러졌으며 낙천진도 형편없는 몰골로 비틀거리고 있었다.

"승부는 끝났소."

매화십이검의 마지막 초식 매화산화로 신도곤과 군월청, 낙천진을 무너뜨리는 것은 물론이고 옥천원을 장악하고 있던 정무맹의 모든 무인까지 단숨에 굴복시켜 버린 유대웅이 승자의 여유로운 미소를 지으며 말했다.

"……."

신도곤은 아무런 말도 하지 못했다.

너무도 압도적으로 패했음에도 수치스럽지 않았다.

어찌 된 일인지 화도 나지 않았고 분노도 들끓지 않았다. 그저 허탈하기만 했다.

"아, 아직 끝나지 않았다!"

낙천진이 검을 곧추세우며 발악하듯 외쳤다.

유대웅이 가만히 그를 바라보았다. 순간, 낙천진의 몸이 사시나무 떨리듯 떨렸다.

기세로 사람을 살상할 수 있는 의기상인의 경지.

낙천진이 손에서 검이 떨어졌다.

입가를 타고 선혈이 흘러내렸다.

핏줄이 터진 두 눈은 물론이고 코와 귀에서도 피가 흐르기 시작했다.

털썩.

낙천진의 무릎이 꺾였다.

가슴을 부여잡고 고개마저 천천히 떨어지는 상황.

목숨이 경각에 달린 위험한 모습이었으나 유대웅이 뿜어내는 무시무시한 기세에 그 누구도 나서지 못했다.

바로 그때 나직한 한마디가 한줄기 바람에 실려 날아들었다.

"그만하여라."

순간, 낙천진은 자신을 짓누르던 거대한 힘이 사라졌음을 느꼈다.

힘겹게 고개를 치켜드는 낙천진의 귀에 유대웅의 목소리가 들렸다.

"운이 좋구려."

낙천진은 아무런 말도 하지 못했다.

짧지 않은 생애 동안 숱한 싸움에 큰 부상도 많이 당했고 목숨을 잃을 뻔한 위기도 많았지만 지금처럼 두려움을 느껴본 적이 없었다.

전신에 이는 떨림이 좀처럼 멈추지 않았다.

그건 비단 낙천진만 그런 것이 아니었다.

유대웅과 정면으로 맞붙었던 신도곤은 물론이고 침묵으로 눈앞에서 벌어진 믿을 수 없는 결과를 받아들이고 있는 정무맹의 모든 무인이 그랬다.

하지만 누군가에겐 두려움이라면 또 다른 누군가에게는 더없는 희열이요, 희망이며 기쁨이었다.

유대웅이 화산에 도착을 했고 옥천원을 장악하고 있는 정무맹과 싸움이 일어났다는 말에 정신없이 달려온 화산파의 수뇌들과 제자들은 저마다 뜨거운 눈물을 흘리고 있었다.

다른 사람은 몰라도 그들은 알고 있었다.

유대웅이 마지막에 사용한 무공은 매화삼십육검이 아니라 화산검선이 화산에 남긴 위대한 업적 매화십이검이라는 것을.

청우를 필두로 장내에 모습을 드러낸 화산파의 제자들은 무한한 존경과 감격 어린 눈빛으로 유대웅을 바라보았다.

"왔구나."

청우의 말에 유대웅이 밝게 웃었다.

"예. 사형."

그걸로 끝이었다.

두 사형제는 그저 한마디 말과 따뜻한 눈빛만으로 그간의 인사를 마쳤다.

"어서 오너라."

"오랜만이다."

청우의 뒤편에 있던 청구자와 청진자가 반가운 얼굴로 유대웅을 반겼다.

"두 분 사형을 뵙습니다."

유대웅이 정중히 예를 차렸다.

두 번의 혈사로 인해 화산파에 어른이라 부를 수 있는 인물들은 이제 그들뿐이었다. 게다가 청진자는 과거 목숨을 구해준 은인이었고 청구자는 천덕꾸러기 취급을 하던 화산파에서 비교적 편견 없이 중립을 지켜준 고마운 사형이 아니던가.

"네게서 사백의 검을 보았다."

방금 전 유대웅의 실력을 목도한 청진자와 청구자는 꽤나 충격을 받은 모습이었다.

청우를 통해 유대웅이 짧은 시간에 장강을 제패했고 일신에 지닌 실력이 화산검선에 못지않다는 말을 들었지만 솔직히 있을 수 없는 일이라 생각했다.

장강을 제패하는 일이야 그렇다 쳐도 화산이 배출한 불세출의 무인인 화산검선에 비견된다는 말은 도저히 믿을 수가 없었다.

하지만 유대웅이 보여준 매화십이검, 특히 마지막에 보여준 매화산화를 보며 청우의 말에 결코 거짓이 없음을 알 수 있었다. 더불어 암울하기 그지없던 화산파에 한줄기 서광이 비추고 있음을 깨달았다.

그가 수적 떼의 우두머리라는 것은 상관이 없었다.

지금 그는 장강수로맹의 맹주가 아닌 화산검선의 제자이자 자신들의 사제일 뿐이었다. 또한 유대웅의 신분을 제대로 알고 있는 사람은 장문인을 포함하여 극소수에 불과한 터. 잠시나마 의구심을 가졌던 그들 역시 옥천원을 유린하고 있던 정무맹의 무인들을 완벽하게 뭉개 버린 유대웅을 완전히 인정하고 있었다.

"원진이 소사숙을 뵙습니다."

전대 장문인인 청겸자에 이어 그 뒤를 이었던 무진 도장까지 목숨을 잃자 어쩔 수 없이 새롭게 장문인에 오른 원진 도장이 정중히 예를 표했다.

"제자 정진이 소사숙을 뵙습니다."

"제자 망진이 소사숙을 뵙습니다."

"제자 덕진이 소사숙을 뵙습니다."

현 화산파의 핵심 수뇌들이라 할 수 있는 자들이 일제히 예를 갖추자 그들을 따라 옥천원에 도착한 화산파의 제자들, 특히 매화검수들은 황당함을 감추지 못했다.

유대웅의 신위를 직접 보기는 했어도 설마하니 장문인과 사부, 사숙들이 자신들과 비슷한, 아니, 다소 어려 보이는 유대웅에게 그토록 공손한 자세를 보일 줄은 생각도 못한 것이다.

놀라기는 정무맹 사람들도 마찬가지였다.

유대웅이 화산파의 제자라는 것을 알고는 있었지만 설마하니 장문인의 사숙일 줄은 상상도 못했다.

엄밀히 따지자면 그들 중 유대웅보다 배분이 높은 사람은 아무도 없었다.

그런 유대웅에게 그토록 무례하게 굴었다는 것은 분명 큰 문제였다.

유대웅의 신분을 정확하게 몰랐다는 것은 유대웅이 화산파의 제자라고 밝힌 시점에서 이미 핑계가 될 수 없는 것이었다.

"이게 대체 무슨 짓입니까?"

원진 도장이 노기 띤 얼굴로 신도곤을 노려보았다.

"……."

"정무맹이 아무리 본 문을 도와주는 입장이라고는 하나 이런 무례라니요."

"우린 정말 몰랐소이다. 화산파의 안전을 위해⋯⋯."

"변명하지 마십시오. 이미 어찌 된 상황인지 알고 있습니다. 소사숙께선 분명히 화산파의 제자임을 밝히셨습니다. 게다가 당가에서도 이를 확인해 주었고요. 한데도 길을 막고 짐을 뒤지려고 한 것은 소사숙을, 아니, 본 문을 무시하려는 처사가 아닙니까?"

"그럴 리야 있겠소."

신도곤이 착잡한 얼굴로 고개를 흔들었다.

무슨 말을 해도 궁색한 변명에 불과하다는 것은 그 스스로가 더 잘 알고 있었다.

"그만하자꾸나. 이 모든 것이 오해에서 벌어진 일이거늘."

청구자가 슬쩍 나서서 중재를 했다.

"하오나 사부님."

"정무맹에서도 많은 피해를 보지 않았느냐? 지금은 상황을 수습한 것이 우선이라 본다. 먼 길을 온 사제를 계속 이곳에 세워두는 것도 도리는 아니고."

청구자의 눈짓을 본 원진 도장이 고개를 끄덕였다.

"알겠습니다."

원진 도장이 풀이 확 죽은 신도곤을 바라보며 차갑게 말했다.

"지금은 이대로 물러가겠습니다만 조만간 오늘의 일에 대해서 보다 정확한 해명을 하셔야 할 것입니다."

"알겠… 소."

신도곤이 힘없이 대답했다.

"모시겠습니다, 소사숙."

원진 도장의 말에 유대웅이 당가의 식솔들을 바라보며 물었다.

"당가의 식솔들이 머물 적당한 곳이 있겠습니까?"

"우린 괜찮네. 오랜만에 만난 친구들도 있고. 겸사겸사 볼일도 있고 말일세."

당학운이 손사래를 쳤다.

유대웅이 당가의 목적지가 정무맹이라는 것을 상기하며 다시 물었다.

"괜찮겠습니까?"

"불편하면 따로 말을 하겠네."

"알겠습니다. 그럼."

유대웅이 가볍게 묵례를 하자 당학운도 마주 인사를 했다.

"대체 저 친구의 정체가 뭐요?"

허가량이 청우와 어깨를 나란히 하고 멀어져 가는 유대웅을 바라보며 물었다.

"화산파 장문인의 소사숙이라고 하지 않소."

당학운의 대답에 허가량이 답답하다는 듯 다시 물었다.

"그러니까 더욱 이상하지 않소. 청자배에서 저토록 어린 친구가 있다는 말은 들은 적이 없소. 소사숙이라면 대체 누구의 제자라는 거요?"

당학운이 의미심장한 웃음을 지으며 말했다.

"화산검선, 천하제일인의 제자요."

* * *

사부와 지냈던 낙안봉, 두 사숙의 거처였던 조양봉과 연화봉을 돌아본 유대웅이 청우와 함께 청가평으로 발걸음을 돌린 것은 해가 떨어진 직후였다.

붉은 노을을 뒤로하고 힘없이 내려오는 유대웅의 얼굴은 무척이나 쓸쓸했다.

"사부님도 그러셨지만 두 분 사숙께서 돌아가실 줄은 상상도 하지 못했습니다."

"사사천교의 공격이 보통 거센 것이 아니었지. 두 분께서 계시지 않았다면 화산은 멸문을 면키 힘들었을 거야. 큰 부상을 당하고도 무리를 하시는 바람에 결국 사부님 곁으로 가셨지만."

담담한 음성으로 얘기를 하는 청우의 얼굴 또한 유대웅 못지않게 쓸쓸했다.

"운종이 장강수로맹에 도착하기 얼마 전에 두 분께서 부상을 이기지 못하시고 등선하셨다는 말을 전해 들었는데 그때 얼마나 울었는지 모릅니다. 당장에라도 달려오고 싶었는데 그러지 못하는 제가 얼마나 밉던지요."

"그래도 결국 이렇게 왔잖아. 운종을 보내면서도 조금 걱정은 했다."

"왜요?"

"혼자의 몸도 아니고 장강수로맹이라는 큰 단체를 이끄는 입장이잖아. 이제 막 장강을 일통한 상태라 혼란스럽기도 할 테고 아무래도 쉽게 움직일 수 없는 위치인지라."

"사형도 참 쓸데없는 걱정을 했네요. 이 사제는 사형이 부르면 화산이 아니라 지옥 끝이라도 달려갈 각오가 되어 있는 놈이라고요."

"그래. 미안하다."

"흐흐, 그렇다고 사죄까지 할 건 없고요. 그나저나 조금 걱정은 되네요."

"뭐가?"

"저들이 저를 쉽게 받아들일지가 말이에요. 두 분 사형도 그렇고 사질들도 그렇고. 사질이라고 하니까 조금 이상하네요. 언제 봤다고."

피식 웃음을 터뜨린 유대웅이 말을 이었다.

"제가 이러니 그들은 얼마나 어색할까요? 게다가 사숙이라는 사람이 수적 떼의 우두머리라니 더 그럴 것 같아요."

"과거엔 어땠는지 모르지만 지금은 아니다. 두 분 사형께서는 처음부터 네게 우호적이셨던 분이고 장문 사질을 포함해서 나머지 사질들도 수긍을 했다."

"제가 수적이라는 것을 알면서도요?"

"그래."

"쉽지 않았을 텐데요?"

"당연히. 그들 역시 화산파의 제자라는 자부심이 강하니까. 하지만 네가 장강수로맹의 맹주이기 전에 사부님의 제자라는 것과 매화삼십육검은 물론이고 사부님께서 남기신 매화십이검을 대성했다는 것을 알고부터는 많이 달라졌다. 또한 혹시나 화산파에 피해가 갈까 얼굴에 가면을 썼다는 것을 알고는 화산파를 위하는 네 마음을 이해하더라."

"흠, 그랬군요."

"게다가 이번에 아주 제대로 실력을 보여주었잖아. 그동안 저들에게 쌓인 것이 많았던 사질들이 아주 입이 벌어졌어."

청우는 유대웅이 화산파의 절기로 정무맹의 노고수들을 무참히 쓰러뜨리는 모습을 보던 사질들이 얼마나 기뻐했는지를 떠올리며 살짝 미소를 지었다.

"그래야지요. 그러라고 보여준 것인데요."

약간은 시큰둥한 유대웅의 말에 청우가 눈을 반짝였다.

"역시. 조금 이상타 했다. 분명 우리가 도착하기 전에 끝났어야 할 싸움이었거든. 꼭 매화산화를 펼칠 이유도 없었고. 사질들 보라고 그런 것이구나."

"그동안 너무 눌려 있는 것 같아서요. 정무맹 쪽에 경고도 해 주고 싶었고."

"곰 같은 녀석이 잔재주만 늘어서."

청우가 자신보다 두 배는 더 큼직한 유대웅의 등짝을 후려쳤다.

"그래도 결과는 좋았잖아요."

"그래. 그렇게 초롱초롱한 눈을 보는 것도 오랜만이었다. 아무튼 서두르자. 사형들께서 기다리시겠다."

"예."

어느새 날이 어두워 발밑이 잘 보이지 않았지만 발에 차이는 자갈 하나까지도 기억하고 있을 만큼 이 길을 많이 오르내렸던 두 사람은 순식간에 청가평에 도착할 수 있었다.

유대웅이 그가 오기만을 학수고대하고 있던 매화검수들의 인사를 받으며 운설당에 들어서자 먼저 자리를 잡고 있던 '진' 자배 제자들이 분분히 자리에서 일어났다.

"어서 오십시오, 소사숙."

원진 도장이 예를 차리며 비어 있는 청진자의 옆자리를 권했다.

"잘 다녀왔느냐?"

청진자가 자리에 앉기도 전에 물었다.

"예."

"사제가 온 것을 아셨으면 참 좋아하셨을 터인데."

"두 분의 음성이 금방이라도 들려올 것 같아 발걸음을 돌리기 힘들었습니다."

유대웅의 안타까운 표정에 청구자의 입에서 탄식이 흘러나왔다.

"후~ 그럴 테지. 두 분을 보내 드린 우리도 그럴진대 사제야 말해 무엇할까."

청구자의 눈시울이 붉어지자 운설당에 모인 이 모두가 숙연한 표정을 지었다.

"중요한 자리에서 이 늙은이가 주책을 부렸구나. 원진아."

"예. 사부님."

"사제가 화산의 제자이기는 하나 공과 사는 명확히 구분해야 한다고 본다."

"알고 있습니다."

원진 도장이 자리에서 벌떡 일어나 유대웅을 향해 정중히 예를 차렸다.

"운종이 가지고 온 물건을 확인하였습니다. 일전에도 큰 도움을 받은 것으로 알고 있는데 또다시 이런 큰 액수를……. 뭐라 감사의 인사를 드려야 할지 모르겠습니다."

"하하하, 너무 감사하게 생각하지 마십시오, 장문 사질. 거의 공짜로 얻다시피 한 것들이니까요."

"예?"

원진 도장의 눈이 동그랗게 떠졌다.

유대웅이 가져온 금괴는 그야말로 그가 상상조차 할 수 없을 정도였다. 한데 그런 엄청난 금괴를 공짜로 얻을 수 있다니 무슨 말인지 쉽게 이해가 가지 않았다.

"이번에 제가 운 좋게도 장강을 얻게 되었습니다. 그 과정에서 얻은 부수입들을 조금 정리한 것입니다. 더러운 돈이라고 질색하지는 마십시오. 그래도 꽤나 많은 피를 흘리며 쟁취한 것이니까요."

"질색이라니요. 당치도 않으십니다."

원진 도장이 황급히 고개를 흔들자 청구자가 안색을 살짝 붉히며 말했다.

"사제가 얼마나 힘들게 장강을 얻었고 많은 피를 흘렸는지 우리가 모르는 바가 아니다. 의당 거절을 하는 것이 도리겠지만 연이은 혈사로 본 문의 상황이 그리 좋지 않아 염치 불구하고 받아야겠구나."

유대웅이 빙그레 웃었다.

"받아주시지 않았다면 많이 서운해했을 겁니다. 누가 뭐라 해도 전 사부님의 제자고 여기 계시는 세 분 사형의 사제니까요."

유대웅의 말에 청구자와 청진자가 부드러운 미소를 짓고 청우도 흐뭇한 표정으로 그의 옆구리를 툭 건드렸다.

"하지만 장문 사질을 비롯해서 이곳에 모인 사질들에게 물어볼 것이 있습니다."

"하문하십시오, 소사숙."

"사형들께선 제가 처음 이곳에 왔을 때부터 저를 받아주신 분들입니다. 하지만 사질들은 아닙니다. 과거 다른 사형들이 반대를 하셨듯 제가 탐탁치 않은 사람이 있을 겁니다."

"그렇지 않습니다, 소사숙."

원진 도장이 황급히 고개를 흔들었다.

"단정 짓지 마세요. 이 문제는 반드시 짚고 넘어가야 하는 문제입니다. 과거 사형들께서 제가 싫으셔서 입문을 반대하셨겠습니까? 아니요. 그건 아닙니다. 단지 제 출신이 문제가 있기에 그러셨던 겁니다. 지금도 그렇습니다. 화산파와 수적의 우두머리. 다들 용납할 수 있겠습니까? 아직까지는 제 신분이 제대로 알려지지 않았습니다만 언제까지 비밀이 지켜질지는 알 수 없는 노릇입니다. 만약 그때, 제가 장강수로맹의 맹주라는 것이 밝혀졌을 때 화산파에 쏟아질 비난과 조롱, 모욕을 감당할 수 있겠느냔 말입니다. 그동안 명문정파로 이름 높았던 화산파의 명예가 땅에 떨어질 수도 있고 모든 이로부터 배척받을 수도 있습니다. 어쩌면 저와 화산파의 명예를 두고 선택의 기로에 설 수도 있겠지요. 물론 그 또한 별로 의미는 없을 겁니다. 어떤 결론을 내리든 한번 땅에 떨어진 명예가 쉽게 회복되진 않을 테니까요. 자, 다시 묻겠습니다. 그럼에도 불구하고 그런 여러 위험을 감수하고 저를 받아들일 수 있겠습니까?"

주위를 찬찬히 돌아보며 내뱉는 유대웅의 음성엔 어딘지 모르게 묘한 힘과 울림이 있었다.

차분히 숨을 들이켠 원진 도장이 가슴을 활짝 펴고 말했다.

"청우 사숙께서 소사숙을 부르신다고 말씀을 하셨을 때도 바로 지금처럼 이곳에 모두 모였습니다. 사부님과 사숙, 그리고 사제들까지. 참고로 말씀드리면 저와 정진을 제외하고는 소사숙의 존재 자체를 모르고 있었지요. 많은 이야기를 나누었습니다. 솔직히 말씀드려서 반대를 한 사제도 있었습니다. 하지만 잠깐이었습니다. 화산검선 사백조님과 두 분 사조님께서 받아들이신 소사숙을 저희가 어찌 감히 인정하지 않을 수 있겠습니까?"

끝까지 인정을 하지 못하겠다고 버티던 덕진 도장이 슬그머니 고개를 숙였다.

"화산파에 쏟아질 비난과 조롱, 모욕을 감당할 수 있겠느냐 물으셨습니까? 명예를 잃을 위험을 감수할 수 있냐고 물으셨습니까? 소사숙조께서 이곳에 계신 것이 바로 답입니다. 그런 것들이 무서웠다면 소사숙조께선 애당초 이곳에 계실 수 없었을 테니까요."

원진 도장의 뜨거운 눈길에 유대웅의 심장이 가볍게 요동쳤다.

"내가 말했잖아. 이미 끝난 얘기라고."

청우의 핀잔에 유대웅이 고개를 흔들었다.

"그래도 확인은 하는 것이 맞다고 봅니다."

"그래서? 이제 만족해?"

"예. 아, 그런데 제 신분을 아는 것은 이곳에 모인 사람들뿐인가요?"

"그래. 조만간 제자들에게 설명을 할 생각이긴 한데."

"관둬요. 그게 뭐 자랑이라고. 여기에 있는 사람만 알면 충분해요. 어쩔 수 없이 알려진다면 모를까 굳이 먼저 알릴 필요는 없습니다. 이곳도 문제지만 장강도 문제가 될 수 있으니까요."

"그건 사제가 원하는 대로 하지. 감출 것도 없이, 굳이 알릴 것도 없이 그저 자연스럽게 흘러가는 것도 좋을 것 같아."

청구자가 결론을 내리자 다들 입을 다물었다.

"그런데 소사숙. 정무맹의 일은 어찌 처리하셨으면 합니까? 조금 전에 사과의 말을 전해왔습니다만."

정진 도장이 조심스레 물었다.

"글쎄요. 별로 생각을 해보지 않았습니다."

유대웅이 장문인은 물론이고 자신에게까지 공손한 말투를 쓰자 정진 도장이 당황한 낯빛을 띠었다.

"편히 말씀해 주십시오, 소사숙."

"그러게. 엄연히 배분이라는 것이 있거늘."

청구자가 한마디 거들자 유대웅이 약간은 어색한 웃음을 지으며 말했다.

"전 이대로가 편합니다, 사형. 그리고 전 속가제자니까 굳이 격식을 따르지 않아도 된다고 봅니다."

"속가라니? 사백께서 네게 청풍이라는 도호를 내렸다고 들었다."

청구자가 정색을 하며 물었다.

"그렇긴 하지만 제 입장에선 아무래도 속가제자라는 위치가 편합니다. 혹여 나중에 문제가 생겨도 그렇고요."

"그게 좋겠습니다, 사형. 사부님께서 사제에게 도호를 내리셨지만 그건 처음부터 직전제자로 거두지 못한 아쉬움 때문에 그리하신 겁니다. 또한 사부님께서도 사제를 화산에 묶

어둘 그릇이 아니라고 하셨으니 사제의 뜻대로 하는 것이 좋을 듯싶습니다."

청우까지 나서서 유대웅을 거들자 청구자는 어쩔 수 없다는 표정으로 고개를 끄덕였다.

"알았다. 그럼 사제가 편한 대로 하여라."

"감사합니다. 그리고 사질들. 이제부터는 그냥 사숙이라 불러주세요. 이 덩치에 소사숙이라는 말을 자꾸 들으니 어쩐영 이상하군요."

유대웅의 익살스런 표정에 운설당에 잠시 웃음이 지나갔다.

"아무튼 정무맹과 있었던 일은 장문인께서 알아서 처리해주세요. 사과를 했다니 더 이상 잘잘못을 따질 필요는 없다고 봅니다."

"알겠습니다. 솔직히 본 문을 무시했던 지난날의 일들 때문에 통쾌하기는 했지만 정무맹의 호법들이 망신을 당한 일이라 다소 부담이 되기도 했습니다."

"정무맹의 호법이요? 그들이 정무맹의 호법이었습니까?"

"그렇습니다."

"정무맹의 호법들이 어째서 이곳까지 온 거지요?"

유대웅의 질문에 정무맹에서 오랜 시간을 보내고 돌아온 청진자가 대신 설명을 해주었다.

"사제도 알다시피 백도문파의 연합체인 정무맹은 결코 한두 사람의 힘에 의해 좌지우지되지 않는다. 오 년 임기의 맹주가 있기는 하지만 그는 어디까지나 각 문파의 의견을 조율하는 역할일 뿐 그다지 발언권이 강하지 못하지. 물론 그 나름대로 영향력을 행사하고는 있다 해도 상당히 제한적이고."

"오 년이요? 꽤 오랫동안 해먹는 것으로 알고 있는데요."

"연임이 가능하니까."

"아! 그렇군요."

유대웅이 고개를 주억거리자 청진자가 말을 이어갔다.

"정무맹의 주요 의사 결정은 의령(義令)이라는 회의에서 결정이 되는데 의령에 참석할 수 있는 권한을 지닌 사람은 맹주, 군사, 각 삼십 명의 장로와 호법으로 국한된다. 장로는 구대문파와 오대세가, 그리고 그들에 못지않은 힘을 지닌 열다섯의 유력한 세력에서 대표로 보낸 자들이 차지를 하고 장로직에서 밀려난 문파들의 대표들이 호법의 지위를 차지하지. 모두가 호법의 지위를 얻는 것이 아니라 이 또한 각 세력이 지닌 힘에 의해 결정된다."

"어딜 가나 힘의 논리로군요."

"어쩔 수 없는 노릇이야. 무림이라는 곳 자체가 강자존이니까. 아무튼 그렇게 결정된 서른 명의 호법은 다시 내호법과 외호법으로 나뉜다. 내호법은 말 그대로 정무맹 내에서 나름의 역할을 하는 것이고 외호법은 정검단이나 철검단 등 정무맹의 무력단체에 두세 명씩 소속이 되어 지원을 하게 되는데 이들을 보통 노사라고 부른다."

"서럽겠군요. 같은 호법인데 누구는 편하게 앉아서 일을 하고 누구는 열심히 몸을 굴려야 하니까요."

"아니. 꼭 그렇지는 않아. 어차피 일 년에 한 번씩 번갈아가며 임무를 맡으니까. 원래는 이 년이었는데 반발이 심해서 일 년으로 줄였다."

유대웅이 인상을 찌푸리자 청진자가 무슨 생각을 하고 있는지 알겠다는 듯 너털웃음을 지으며 말했다.

"사제의 눈에는 자리에 아웅다웅하는 그들이 한심하게 보이겠지. 하지만 그렇게라도 호법, 특히 내호법의 지위를 유지하려는 이유는 간단해. 의령에 참석하기 위해서. 내호법이 되면 의령에 참석을 할 수가 있고 발언권이 주어지는데 이게 막강한 힘을 지닌단 말이지. 생각외로 훨씬 강력한."

"어렴풋이 알 것 같네요."

유대웅이 고개를 끄덕였다.

"그리고 사제가 박살을 낸 그들이 바로 이번에 외호법이 되어 밖으로 나온 사람들이다. 한마디로 정무맹의 수뇌들이라는 말이야."

"그래요? 생각도 못했네요. 너무 약해서."

코웃음을 치는 유대웅의 모습에 청진자가 쓴웃음을 지으며 말했다.

"한 문파를 대표한다고는 해도 그들이 그 문파의 가장 강한 사람들은 아니다. 강한 사람보다는 보통 나이가 들어 노회한 이들이 많이 뽑히지. 힘쓸 일보다는 아무래도 이곳을 열심히 굴려야 할 일들이 많거든."

청진자가 손가락으로 머리를 짚으며 말했다.

"그렇군요. 이거 까딱 잘못했으면 골치 아파질 뻔했습니다."

"그 정도로는 문제될 것 없다. 그렇게 망신을 당한 일도 다 자신들이 자초한 것이니까 말이야."

"그게 처음엔 모조리 베어버릴까도 생각했었거든요."

"베, 베어버려?"

청진자가 두 눈을 휘둥그레 뜨며 물었다.

"예. 저들이 제 앞에서 화산을, 아니, 사부님을 모욕했거든요. 그때 운종이 필사적으로 말리지 않았다면 아마 사달이 났을걸요."

별일 아니라는 듯 가볍게 던지는 말과 웃음에 다들 할 말을 잃었다.

분위기를 의식한 청우가 짐짓 엄한 음성으로 유대웅을 야단쳤다.

"그걸 말이라고 해. 이곳에 온 정무맹 무인들의 수가 몇 명인지 알아? 그들을 베어버리면 무슨 일이 벌어질지 상상이나 해봤어?"

"어차피 상관없었어요. 그런 상황이 왔으면 아마 모조리 쓸어버릴 작심을 했을 테니까. 다른 곳도 아니고 옥천원에서 술판을 벌이고 고기를 굽는 놈들을 용서하고 싶은 마음이 전혀 없었거든요. 흐흐, 아무래도 숫자가 있으니 불리는 하겠지만 사형들과 사질들이 있는데 뭐가 걱정이래요. 하하하!"

약간은 농담이 섞인 말이었음에도 아무도 입을 열지 못했다.

그저 괴물을 보는 듯한 질린 시선으로 유대웅을 응시했다.

유대웅의 무위를 직접 본 그들에겐 농담이 농담으로 들리지 않는 것이었다.

第五章
초석(礎石)

巫山三峽

"찾아내셨다고요?"

　한호가 의자에 몸을 깊숙이 파묻으며 물었다.

　시큰둥한 표정에 담긴 진하디진한 분노를 느낀 소숙이 한숨을 내쉬었다.

　"찾긴 찾았습니다."

　"어떤 놈들이랍니까?"

　한호의 눈빛이 차갑게 빛났다.

　"구룡상회였습니다."

　"흐음……."

생각보다 침착한 반응에 소숙이 도리어 놀랐다.

"예상하신 겁니까?"

"예상까지는 아니더라도 가능성은 있다고 생각했지요. 그 래도 명색이 반란인데 칠주 정도는 되어야 그런 마음을 품을 수 있다고 보았습니다."

말은 그리하면서도 한호는 씁쓸한 표정을 감추지 않았다.

"솔직히 이번 결과에 당황했습니다. 의심을 하지 않은 것 은 아니나 이 사부의 생각에 가장 가능성이 낮다고 여긴 곳이 구룡상회였으니까요."

"죽은 사람을 되살리는 것만 빼고는 다 할 수 있는 것이 돈 입니다. 동천명(東泉茗)의 간이 배 밖으로 나올 만도 하지요."

섬서의 안평상련, 호남의 대상련(大商聯)과 더불어 중원삼 대상단으로 불리는 구룡상회 회주의 이름을 동네 아이 부르 듯 하는 한호의 음성엔 은은한 살기가 깃들어 있었다.

"그런데 조금 이상하기는 합니다."

"뭐가 말입니까?"

"동천명이 아무리 미쳤다고는 하지만 장군가의 힘을 모르 지 않습니다. 구룡상회가 지닌 무력 또한 칠주 중 가장 약하 고요. 그런데도 반란을 꿈꿨다는 게 아무래도 석연치가 않군 요."

"후~ 석연치 않을 것이 없습니다. 그 이유와 계기 또한 확인되었습니다."

"뭡니까, 그 이유가?"

"동천명이 만검신군(萬劍神君)의 무공을 얻었습니다."

"만검… 신군이요?"

어지간해선 놀라는 모습을 보여주지 않는 한호도 목소리가 떨리는 것이 이번엔 무척이나 놀란 듯했다.

고금을 통틀어 다섯 손가락 안에 들어간다는 검의 달인이자 팔십 평생 수천 번의 비무와 싸움에서 모조리 승리를 거둔 불패의 승부사의 이름이 난데없이 거론되었으니 그럴 만도 했다.

"예. 동천명이 바로 그 만검신군의 무공을 얻었음을 확인했습니다."

"만검신군의 무공이라면 이미 실전된 것으로 알고 있는데요. 대체 어떻게 얻었답니까?"

"장주께서 주셨습니다."

"장난하지 마시구요."

한호가 신경질적으로 소리치자 소숙이 정색을 하며 대꾸했다.

"장난이 아닙니다. 분명 장주께서 주신 겁니다. 기억나지 않으십니까? 장군총 발굴의 전권을 구룡상회에 주신 것을요."

"장군총요? 아!"

기억이 난다는 듯 탄성을 내뱉은 한호가 인상을 확 찌푸리며 되물었다.

"장군총에 어떤 물건이 있는지는 철저하게 확인을 하지 않았습니까? 값어치 있는 재물은 산처럼 많이 쌓여 있었지만 병장기와 무공비급은 거의 없던 것으로 기억합니다. 그나마도 쓸모없는 것들이 대부분이었고요."

"예. 그래서 구룡상회에 모든 것을 맡기신 것이지요. 이 사부의 반대에도 불구하고요."

"그랬… 습니까?"

"그랬습니다. 어쨌든 장군총에는 우리가 미처 몰랐던 장소가 존재했고 구룡상회는 그곳에서 만검신군의 무공을 비롯해 상당한 무공비서들을 획득하였습니다."

"그런데 보고를 하지 않았다?"

"그렇지요."

"그때부터 딴 마음을 품고 있었군요."

"그런 것 같습니다. 막대한 재물과 그 재물을 뒷받침할 수 있는 무력을 얻게 되었으니 말입니다."

집을 지키던 개에게 물린 기분이 그럴까. 일그러진 얼굴로 잠시 침묵을 지키던 한호가 다시 입을 열었다.

"장군총이 열린 지 십 년쯤 되었나요?"

"십일 년 되었습니다."

"십일 년이라면 제법 준비가 되었겠군요."

"겉으로 드러난 것과는 달리 암중으로 키운 힘이 칠주 중 으뜸으로 판단됩니다. 게다가 상계에 막대한 영향력을 발휘하고 있고 관부와의 관계도 돈독하지요."

"그따위 것은 상관없습니다. 제가 궁금한 것은 그들이 안쪽으로 얼마나 파고들었느냐는 겁니다."

"다행히 생각보다는 심각하지 않았습니다. 다만 구룡상회의 막대한 금력을 감안했을 때 시간이 지나면 꽤나 골치 아파질 수 있습니다."

"그렇긴 하지요. 골치는 아파질 수 있습니다. 그런데 사부님."

"말씀하십시오."

"그래 봤자 골치가 아파질 뿐입니다. 아닙니까?"

"팔다리가 저릴 수도 있습니다."

약간은 퉁명스럽기까지 한 소숙의 대답에 한호가 피식 웃으며 말했다.

"그러니 사전에 막아야지요. 다시 묻겠습니다."

마침내 결론이었다.

소숙의 얼굴에 살짝 긴장이 묻어났다.

"얼마나 걸리겠습니까?"

"어느 선까지를 원하시는 겁니까?"

"개가 주인의 다리를 물었으니 가야 할 곳은 솥뿐이겠지요."

"재고의 여지는 없으십니까?"

"농담하지 마세요, 사부. 당연히 없습니다."

웃고는 있으나 눈빛 속에 드러난 단호한 기운을 읽은 소숙이 고개를 끄덕였다.

"일단 하북과 가장 가까운 하후세가와……."

"잠시만요."

한호가 소숙의 말을 끊었다.

"순수하게 천무장의 힘으로만 해결을 했으면 합니다. 생각해 보면 그동안 너무 얌전했어요. 그러니 조금 컸다고 이빨을 들이대지요. 이참에 주인이 어떤 힘을 지녔는지를 다시금 상기시켜 주어야겠습니다. 함부로 짖지 못하게 말입니다."

다른 칠주도 아니고 천무장의 힘으로만 구룡상회를 응징하라는 한호의 말에 소숙은 비릿한 혈향을 느낄 수 있었다.

"천무장이 본격적으로 나선다면 육 개월이면 모든 것을 정리할 수 있을 것 같습니다."

"그렇게나 오래요?"

한호가 신경질적으로 되물었다.

생각보다 긴 시간이 마음에 들지 않는 듯했다.

"동천명과 그 가족, 휘하들을 쓸어버리는 것이라면 큰 문제가 될 것이 없습니다. 다만 구룡상회의 영향력을 감안했을 때 그리되면 많은 문제점이 발생합니다. 우선 중원 상계에 엄청난 혼란이 오게 될 것입니다. 이는 곧 나라의 경제를 뒤흔들게 될 터. 필연적으로 관부의 개입을 초래하게 됩니다. 또한 장군총을 통해 많은 무력을 축적한 구룡상회의 전력을 감안해 볼 때 큰 싸움이 벌어질 수밖에 없을 것이고 그리되면 외부의 시선에서 자유로워질 수가 없습니다. 특히 사사천교와의 싸움 때문에 극도로 예민해진 정무맹의 시야에 포착될 가능성이 무척 높지요. 끝으로 동천명과 그 일당 등은 철저하게 응징을 한다고 해도 그것이 구룡상회의 몰락으로 이어지면 안 됩니다. 구룡상회에서 벌어들이는 금전적인 이득, 정보가 얼마나 큰 힘이 되는지 아실 겁니다. 제가 육 개월이라는 시간을 예상한 것은 동천명 일파를 제거하기에 앞서 구룡상회를 장악하기 위해 필요한 시간입니다."

한호의 얼굴에 비로소 미소가 생겼다.

"이참에 아예 흡수를 하실 생각이군요. 나쁘지 않습니다. 다른 이들에게 본보기가 될 수도 있고요."

"시간이 촉박하니 그럼 바로 시작을 하겠습니다."

"예. 부탁드립니다, 사부."

소숙이 자리에서 일어나 문밖으로 나가려 할 때 한호가 다시금 그를 불러 세웠다.

"그런데 사부님."

"말씀하십시오."

"그때까지 사사천교가 버틸 수 있겠습니까? 듣자니 화산파를 공격한 이후 정무맹의 압력이 장난 아니게 심하다고 하던데요."

"그런대로 버틸 수 있을 겁니다. 실력자들이야 계속 준다고 해도 신도의 수는 꾸준하게 증가를 하니까요. 만에 하나 심각한 문제가 생기면 그때 가서 조치를 취할 생각입니다. 사사천교는 차후 천무장의 디딤돌이 되어야 하니까요."

"훗, 처음엔 단순하게 시간을 벌자는 용도였는데 그들의 쓰임새가 이리 중하게 될 줄은 몰랐습니다."

"운이 좋았을 뿐이지요."

"운도 실력이라고 했습니다. 이 모든 것이 사부님의 덕입니다."

"얼굴에 금칠은 그만 되었습니다. 그렇게 하지 않아도 구룡상회의 일은 철저하게 마무리 지을 테니까요."

뻔한 수작은 그만 부리라는 듯한 소숙의 표정에 한호가 웃음을 터뜨렸다.

"하하하! 꼭 그런 의도는 아니었습니다. 그래도 기왕 시작하셨으니 몇 군데 더 손을 봤으면 합니다. 가령 정보가 줄줄 새고 있는 것도 몰랐던 취운각을…….”

“거기는 이미 시작했습니다. 그리고 걱정하지 마시지요. 조만간 확 달라진 수하들의 모습을 보게 될 테니까.”

그 말을 끝으로 소숙은 인사도 하는 둥 마는 둥 하며 쌩하니 돌아섰다.

천무장에 공식, 비공식적으로 정보를 취급하는 많은 기관이 있었지만 사실상 그들 모두를 관장하는 사람은 군사인 소숙이었다. 군사로서 구룡상회의 불온한 움직임을 제대로 잡아내지 못했다는 것이 누구보다 자존심이 센 소숙으로선 용납할 수 없는 것이었다.

‘너무 그렇게 열은 내지 마십시오, 사부.’

한호는 쿵쾅거리는 사부의 발걸음 소리를 들으며 빙긋이 미소를 지었다.

*   *   *

집법원이 있던 곳에 위치한 임시 막사.

이른 아침부터 모여든 여섯 명의 노사와 정검, 은검, 철검단을 이끄는 수장들이 저마다 심각한 표정으로 이야기를 나누고 있었다. 모인 이 중 유일하게 표정이 어둡지 않은 사람은 노사들의 초청으로 자리를 함께한 당학운뿐이었다.

이야기를 주도하는 사람은 정검단의 노사 허가량이었다.

어제까지만 해도 가문의 위세나 일신에 지닌 무공을 따졌을 때 가장 뛰어났던 신도곤이 모든 일에 주도적으로 나섰으나 그는 유대웅과의 충돌 때문인지 기가 팍 죽은 모습이었다.

"화산파에서 어제 일에 대해 크게 문제 삼지 않겠다는 연락이 왔습니다."

허가량의 말에 군월청이 반색을 했다.

"참으로 다행입니다. 그가 화산검선의 제자임이 확인된 이상 어떤 변명을 해도 우리가 저지른 무례는 용납하기 힘든 것이었습니다."

"그렇지요. 명색이 화산파 장문인의 사숙에게 화산파의 제자임을 증명하라고 윽박지른 셈이니까요."

철검단의 노사 해월산(海月山)이 신도곤의 안색을 살짝 살피며 말했다. 그의 사문인 천왕문(天王門)이 신도세가와 인접하다 보니 아무래도 눈치를 안 볼 수가 없었다.

"그렇다고 무조건 우리가 잘못했다고 숙이고 들어갈 것은 아니라고 생각합니다. 우리가 화산파의 정황을 속속들이 아는 것도 아닌 이상 그가 화산검선의 제자임을 어찌 알겠습니까? 게다가 화산검선의 제자가 둘이라는 것은 금시초문이었습니다."

유대웅과 가장 거칠게 부딪친 낙천진은 아직도 자신의 잘못을 인정하려 들지 않았다.

철검단의 노사이자 모인 이 중 가장 연장자인 황부(黃釜)가 낙천진의 의견에 동조하고 나섰다.

"낙 노사의 말에도 일리가 있는 것 같네."

"선배."

군월청이 당황하여 불렀지만 황부는 가만히 고개를 흔들었다.

"솔직히 어제의 상황은 그가 의도한 것 같다는 느낌이 들어."

"예? 의도한 것이라니요?"

군월청이 깜짝 놀라 되물었다.

"우리가 그에게 무례하게 행동한 것은 분명하네. 무엇보다 당가에서 확인을 해주었음에도 무시를 했다는 것은 큰 실례야."

황부가 당가의 체면을 살려주자 당학운이 살짝 고개를 숙였다.

"그리고 예상치 못한 싸움까지. 여기까지는 누가 보더라도 우리들의 잘못이 크다고 할 수 있지. 문제는 그다음일세. 그는 굳이 충돌을 할 필요가 없음에도 우리와 충돌을 했네."

"그건 은검단에서 선제공격을 했기 때문에……."

군월청의 말은 이어진 황부의 질문에 막에 막히고 말았다.

"그가 공격을 무시하고 그대로 산을 올랐다면? 그의 실력을 보았을 때 아무도 그를 붙잡지 못했을 터. 하지만 그는 그렇게 하지 않았네. 오히려 보란 듯이 도발을 하며 은검단에 큰 타격을 입혔고 여러 노사의 자존심을 짓밟으며 명예까지 땅에 떨어지게 만들었지. 그것도 정확하게 화산파의 제자들이 옥천원에 나타나는 시점에 맞춰서."

"선배는 그 모든 것이 그가 의도했다고 여기시는 겁니까?"

허가량이 물었다.

"처음부터 그럴 생각이 있었다고는 생각하지 않네. 다만 일이 꼬이고 꼬이면서 결국 그렇게까지 흘러가게 된 것이겠지. 어쩌면 땅바닥으로 떨어진 화산파의 자존심을 세우기 위해서일 수도 있고."

"하니 어찌하면 좋겠습니까? 그의 의도야 어찌 되었든 명분은 그쪽에 있습니다."

"그쪽에서 문제 삼지 않기로 하지 않았으니 굳이 신경 쓰지 않아도 될 듯싶네. 우리가 아무리 마음에 들지 않더라도 사사천교가 언제 다시 쳐들어올지 모르는 상황에서 함부로 할 수야 없지 않겠는가? 대신 우리도 그를, 아니, 화산파를 대함에 있어 기존의 자세를 버릴 필요는 있다고 보네."

"뭘 말씀하고 싶으신 게요, 선배?"

신도곤이 다소 못마땅한 표정으로 물었다.

"서로 얼굴 붉혀봤자 좋을 것 없으니 적당한 선에서 타협을 해가며 잘 지내자는 소릴세."

황부는 신도곤과 언쟁을 벌여봐야 좋을 것 없다는 판단에 두루뭉술 넘어갔다.

"그러니까……."

황부는 신도곤이 말꼬리를 잡고 늘어지려는 기색을 보이자 얼른 고개를 돌려 당학운을 향해 입을 열었다.

"한데 궁금한 것이 있소이다."

"말씀하십시오."

"일수비천께선 어떻게 그와 인연을 맺으신 겁니까? 꽤 오래된 인연 같던데 노부는 처음부터 그것이 참으로 궁금하더이다."

황부의 질문에 당학운은 유대웅과 처음 만나던 날을 가만히 떠올렸다. 자신의 정체를 알고도 꽤나 무례하던 유대웅을 골탕 먹인 일이 생각나자 입가에 절로 미소가 지어졌다.

"좋은 추억이 있는 모양이오."

"허허, 추억이라면 추억이지요. 그러고 보니 그와의 인연도 제법 되었군요. 검도수행을 위해 막 하산을 했을 때 보았으니 한 삼사 년 된 것 같습니다."

"그랬구려."

"처음부터 좋았던 것은 아니었습니다. 어제처럼 서로 간의 오해로 인해 크게 충돌까지 했으니까요. 다행히도 곧 오해를 풀고 나름 돈독한 관계를 유지할 수 있게 되었습니다."

당학운은 유대웅 한사람에게 당가의 장로들과 팔기대가 처참하게 박살이 났다는 말은 차마 할 수가 없었다.

"오해라… 확실히 그놈이 문제구려. 아니 그렇소?"

"그렇습니다. 그놈의 오해 때문에 어디든 바람 잘 날이 없지요."

"허허허, 참으로 맞는 말이오."

지금껏 별다른 만남이 없었던 황부과 당학운이 마치 오랜 지기처럼 서로를 마주보며 웃음을 지었다.

"아무튼 다행입니다."

"뭐가 말이오?"

황부의 반문에 당학운은 의미심장한 표정으로 주변을 둘러보며 대답을 했다.

"그간 겪어본 그의 성정상 당장 이곳을 떠나라는 요구를 할 줄 알았으니까요."

"화산파의 상황이 이럴진대 과연 그럴 수 있었겠소?"

황부가 믿지 못하겠다는 표정으로 되묻자 당학운은 생각할 것도 없다는 듯 대답했다.

"당연히요."

*　　　*　　　*

이른 아침부터 운설당에 모인 화산파의 수뇌들을 향해 유대웅이 물었다.

"앞으로 어찌하실 생각입니까?"

아무도 입을 열지 않자 다시 물었다.

"화산에 혈사가 벌어졌고 두 분 사숙을 비롯해 많은 동문이 목숨을 잃었다는 소식을 접했습니다. 그리고 청우 사형의 부름까지. 두말 않고 달려오기는 했지만 솔직히 제가 어떻게 도와야 하는 것인지 모르겠습니다."

"이미 화산의 자존심을 지켜주었다."

청구자가 어제 벌어진 충돌에서 유대웅이 처참하게 무너진 화산파의 자존심을 다시 살려낸 것을 상기시키며 말했다.

"맞습니다. 두 차례의 혈사에 이어 정무맹까지 본 문을 무시하는 상황에 제자들이 크게 절망하고 있었습니다만 어제 일로 모든 것이 달라졌습니다. 이젠 사숙의 존재만으로도 제자들에겐 큰 힘이 됩니다."

원진 도장의 말에 유대웅의 얼굴이 살짝 붉어졌다.

"어쨌든 도움이 되었다니 다행입니다. 그런데 장문 사질."

"예. 사숙. 말씀하십시오."

"정확히 몇 명이나 살아남은 건가요?"

"예?"

"본 문의 현재 전력을 알고 싶군요. 사사천교의 공격에서 목숨을 지킨 제자들의 수가 얼마나 되지요?"

살짝 한숨을 내쉬는 원진 도장의 얼굴에 진한 아픔이 묻어 나왔다.

"제 윗대에선 여기 계신 사부님과 두 분 사숙, 과거 일대제 자였던 제 동문 중 목숨을 건진 사람은 고작 여섯뿐입니다."

"음……."

화산파의 핵심 중의 핵심이요 기둥이라 할 수 있는 진자배 의 제자들이 고작 여섯뿐이라는 말에 유대웅은 자기도 모르 게 침음을 내뱉었다.

"그나마 이대제자, 아니, 이제 일대제자가 되었군요. 일대 제자의 수는 조금 됩니다. 오십이 조금 넘습니다."

갈수록 가관이었다.

화산을 떠나올 때만 해도 제자 수가 사백이 훌쩍 넘던 화산 파의 몰락이 피부로 느껴졌다.

"실력은 어떻습니까? 매화검수 수준은 되는 겁니까?"

원진 도장이 힘없이 고개를 흔들었다.

"그렇지 않습니다. 지난 혈사 때 누구보다 열심히 싸우는 바람에 피해가 컸습니다. 매화검수 수준의 아이들은 스물이 채 안 됩니다."

"문제는 나머지 서른 중에서도 입문한 지 얼마 되지 않는 아이들이 거의 절반에 가깝다는 것이다."

청진자의 말에 운설당의 분위기가 무겁게 가라앉았다.

"속가제자들은 어찌 되었습니까?"

"혈사 때 목숨을 잃기도 했고 살아남은 아이들은 모두 하산시켰습니다. 그들 또한 본 문의 제자라지만 아무래도……."

원진 도장이 유대웅의 눈치를 슬쩍 보며 말끝을 흐렸다.

"후~ 생각보다 심각하군요. 많은 제자가 목숨을 잃었다는 말은 들었어도 이 정도일 줄은 몰랐습니다."

유대웅의 탄식에 가뜩이나 좋지 않았던 운설당의 분위기가 더욱 어두워졌다.

"아직 스무 명 정도의 매화검수가 남아 있다. 그것도 가장 뛰어난 아이들로."

청진자의 말에 유대웅의 눈이 번쩍 떠졌다.

"예? 방금 전에는……."

"이곳의 상황이 그렇다는 것이다. 그 아이들은 화산이 아니라 다른 곳에 있다."

"어디에 있습니까? 대체 어디에 있기에 이런 위급한 상황에 외부에 나가 있단 말입니까?"

"정무맹이다. 그 아이들은 정무맹 묵검단에 소속되어 있다."

"묵검단이요?"

유대웅이 어이가 없다는 표정으로 되물었다.

"그래. 묵검단. 영영이 그 아이들을 이끌고 있지."

"일전에 영영이 사사천교를 토벌하기 위해 정무맹에 머물고 있다는 것은 들었습니다. 그런데 묵검단이라니 의외군요. 게다가 그 정도 수의 매화검수까지 정무맹에 머물고 있을 줄은 몰랐습니다. 한데 어째서 돌아오지 않는 것입니까?"

순간, 운설당에 분노의 기운이 폭발하듯 솟아났다.

"정무맹에서 보내주지 않는 것입니다. 더러운 인간들!"

화산파라는 거대 명문정파의 수장이라는 것도 잊었는지 원진 도장이 이를 부득 갈며 욕설을 내뱉었다.

"본 문이 이런 지경인데 제자들을 보내주지 않다니요?"

"정무맹에 속한 문파는 정무맹에 일정기간 제자들을 보내야 하는 의무가 있다."

청진자의 말에 유대웅이 고개를 흔들었다.

"의무가 아무리 중하더라도 사문이 무너지는 상황에서 그게 말이 되는 소리랍니까?"

"사정이야 안타깝지만 어쩔 수 없다고 하더구나. 이런저런 사정을 들어주기 시작하면 정무맹에 남아날 병력이 없다고. 헛소리지."

분개한 청진자가 입술을 꽉 깨물었다.

"그자들은 의무를 지키기 위해, 원칙을 무너뜨리지 않기 위해 정무맹에 남은 화산파의 제자들을 대신하여 훨씬 많은 병력을 보내준다는 말도 안 되는 논리를 쓰고 있다."

"기가 막힐 일이군요."

"그렇습니다. 실로 기가 막힐 일이지요. 제자들을 보내달라고 아무리 독촉을 해도 들은 척도 하지 않습니다. 그렇다고 무단으로 불러들이면 차후 큰 문제가 발생할 터. 이러지도 저러지도 못하고 있는 상황입니다."

원진 도장의 한숨에 운설당의 지붕이 들썩일 정도였다.

"그들은 즐기고 있는 것이야. 우리의 몰락을."

모두의 시선이 청구자에게 향했다.

"천하제일인을 배출한 우리 화산파는 이후 천하제일문으로 명성을 떨쳤다. 태산북두라는 소림도, 소림과 어깨를 나란히 하는 무당도 우리에게 한 수 양보를 할 정도였지. 그러니 얼마나 많은 이가 우리를 시기하고 질시를 했을까."

"딱히 위세를 부린 일도 없습니다, 사형."

청진자의 말에 청구자는 씁쓸히 고개를 흔들었다.

"그저 인정하기 싫은 것이지. 자신들과 비슷했던 우리가 갑자기 성장한 것 자체를."

"명색이 명문정파를 자랑하는 이들이 그런 마음을 가지고 있다는 말입니까?"

유대웅이 여전히 믿기지 않는다는 표정으로 물었다.

"그러게. 참으로 슬픈 일이지."

청구자와는 달리 화산파를 대표하여 정무맹에서 오랫동안 생활을 해온 청진자는 당연하다는 듯 고개를 끄덕였다.

"한줌 권력이라도 차지하기 위해 정무맹에서 얼마나 치열한 암투와 계략이 난무하는지를 알게 되면 그런 말은 하지 못할 거다."

"이거야 원. 복마전이 따로 없군요. 설마 그들이 잘못되는 일은 없을까요?"

"그렇지는 않다. 그저 발을 묶어놓는 것만으로도 충분하다고 여기고 있을 것이고 영영에게 최대한 몸을 사리라고 했으니 별일은 없을 게야."

"어쨌든 최대한 빨리 복귀를 시켜야 할 겁니다."

"그렇지. 그들이야말로 본 문의 재건을 책임질 인재들이니까. 문제는 별다른 방법이 없다는 거야."

"그거야 차차 생각하면 될 것이고요. 결국 가장 급한 것은 현재 남아 있는 제자들의 실력을 키워야 한다는 것이군요."

지금껏 침묵을 지키고 있던 청우가 입을 열었다.

"사제 말대로 제자들의 실력을 증진시키는 것이 가장 급해. 매화검수들은 능력을 극대화하도록 하고 다른 아이들은 매화검수 수준이 되도록 제대로 이끌어야지."

"어찌하실 생각인데요?"

"당연히 네가 도와야지."

"제가 제자를 두지 않아서 누구를 가르치는 데 익숙하지 않아요. 도움이 될는지 모르겠네요."

"장강에 있는 사제의 수하들. 상당한 실력들을 지녔다고 들었다. 일개 수적에 불과하던 이들을 그토록 성장시킨 것만 봐도 사제의 능력은 충분해."

"그거야 다른 무사부님들이 뛰어나서 그런 것이지요. 저는 그저 그들과 매일같이 비무를……."

유대웅이 갑자기 말끝을 흐리고 빙그레 웃는 청우를 바라보았다.

"내가 원하는 게 바로 그거야. 실전과도 같은 비무. 사부님께서 내게도 그렇게 가르침을 주셨지만 제대로 따라간 것은 사제뿐이었어. 아무튼 사제와 난 매화검수들을 가르치게 될 것이고 두 분 사형께선 나머지 제자들의 기초를 잡아주실 거야."

"시간이 제법 걸릴 겁니다."

"당연히. 어차피 지금 당장 뭘 어쩌자는 건 아니야. 우리가 아무리 노력을 해도 그 효과가 나오기란 꽤나 오랜 시간이 걸린다는 것도 알아. 우린 그저 화산파의 미래를 위해 초석(礎石)을 다질 뿐이고 결실을 맺고 안 맺고는 모두 그 아이들의 노력에 달린 것이지."

"사형의 뜻이 그렇다면 알겠습니다. 저도 최선을 다해 돕지요. 한데 다들 각오하라고 하는 것이 좋을 겁니다. 사형도 아시다시피 사부님께서 저를 꽤나 거칠게 다루셔서 말이지요."

청우는 말없이 고개를 끄덕였지만 과거 유대웅이 화산검선 밑에서 얼마나 치열하게 무공을 익혔는지 잘 알지 못했던 원진 도장은 환한 얼굴로 말했다.

"모두 그걸 원하고 있을 겁니다. 부탁드립니다, 사숙."

"장문 사질까지 그렇게 말하는데 하지 않을 도리가 없군요. 알겠습니다. 최선을 다하지요."

"감사합니다, 사숙."

원진 도장이 감격한 얼굴로 고개를 숙였다.

"그런데 사형. 여쭙고 싶은 말이 있습니다."

유대웅이 청진자에게 입을 열었다.

"무엇을?"

"사형께서 그 옛날 제게 주신 자소단 말입니다."

"내가 사제에게 자소단을? 아, 그런 일이 있었지."

청진자가 처음 유대웅을 만났을 때를 기억하며 크게 고개를 끄덕였다.

"그런데 자소단이 왜?"

"혹시 남아 있는 자소단이 있나 해서요. 제가 직접 복용을 해봤고 하산을 할 당시 사숙들께서 주신 자소단을 수하들에게 복용을 시켰는데 그 효과가 상당했습니다. 제자들에게 자소단을 복용시키면 실력 향상에 큰 효과가 있을 것이란 생각입니다."

유대웅의 말에 서로의 얼굴을 쳐다본 청구자와 청진자는 안타까운 미소와 함께 고개를 흔들었다.

"자소단의 뛰어난 공능이야 우리가 어찌 모를까? 하지만 만들기가 워낙 까다롭고 그 비용 또한 엄청나서 금전적으로 여유가 있었을 때에도 몇 개 만들지 못했다. 그러니 지금 상황에선 언감생심 꿈도 꿀 수 없지."

"돈만 있으면 당장 만들 수 있다는 말이지요?"

유대웅이 다시 물었다.

"아니. 무엇보다 시간이 오래 걸려. 약재를 얻었다고 해도 각각의 약재가 연단에 필요한 조건을 갖추기 위해선 꽤나 오랜 시간 동안 공을 들여야 하지."

"하면 얼마나 걸린다는 겁니까?"

"한 번 연단을 끝내는 데 오 년 이상은 걸린다고 봐야겠지. 그것도 최소한으로."

"그렇… 군요. 아!"

유대웅의 얼굴에 실망의 빛이 감돈 것도 잠시였다.

옥천원에 당학운이 와 있다는 것을 떠올린 유대웅이 회심의 미소를 지었다.

비록 자소단과 비할 바는 아니나 당가에서 얻은 여의환 또한 상당한 효과를 얻은 기억이 있는 것이다.

'또다시 요구를 하면 질색을 하겠지만 충분히 보상을 해주고 화산파를 돕는다는 명분까지 세워주면 거절하지는 않겠지. 어차피 많은 양이 필요한 것도 아니니까.'

유대웅이 자리에서 벌떡 일어나자 난데없는 행동에 다들 의문스런 눈으로 그를 바라봤다.

"더 늦기 전에 당가의 식솔들에게 다녀와야겠습니다. 이번에 저희를 도와준 것에 대한 인사를 해야지요. 본 문의 사정이 아무리 좋지 못하다고는 하나 거처도 제대로 마련되지 않는 곳에 머무르게 할 수는 없는 노릇이라고 봅니다."

"그렇지 않아도 자리를 마련하라고 해두었다."

청구자가 원진 도장에게 시선을 주며 말했다.

"예. 운선관을 비워두었습니다. 지금쯤이면 청소도 다 끝났을 것입니다. 다소 비좁기는 해도 당가의 식솔들이 잠시 머물기엔 크게 무리가 없을 것입니다."

원진 도장의 말에 유대웅이 반색을 했다.

"잘되었습니다. 쇠뿔도 단김에 빼라고 당장 모셔와야겠습니다. 사형. 회의는 다녀온 이후에 계속했으면 좋겠습니다."

"그, 그래."

비로소 회의 중이었다는 것을 상기한 청구자가 약간은 당황한 기색으로 고개를 끄덕였다.

"제가 함께 가겠습니다. 사숙."

원진 도장이 따라나서자 만류하려던 유대웅은 금방 생각을 고쳐 허락을 했다.

비록 과거에 비해 세가 많이 기울었지만 명색이 화산파의 장문인이 직접 움직여 초대한다는 것은 그만큼 당가의 체면을 세워주는 일이었고 원하는 부탁을 하기가 쉬웠기 때문이었다.

'무시를 당한 것에 대한 한풀이도 하고.'

그동안 원진 도장이 옥천원에 머물고 있던 정무맹 사람들에게 상당한 무시를 당했으리라는 것은 보지 않아도 알 수 있는 터.

어깨에 힘을 잔뜩 주고 걸어가는 원진 도장의 모습을 본 유대웅의 입가에 살짝 웃음이 지어졌다.

*　　　*　　　*

"매화비류, 매화조하. 허! 매화천뢰까지?"

운건(雲建)은 혼신의 힘을 다해 유대웅을 공격하는 운창(雲

彰)의 모습을 보며 연신 감탄을 터뜨렸다.

최근 들어 운창의 실력이 늘었다는 것을 확실히 알고는 있었지만 설마하니 매화삼십육검을 이토록 완숙하게 펼칠 수 있으리라곤 미처 예상하지 못했다.

"운창 사형께서 매일 밤 따로 수련을 하시는 것을 아시잖아요. 대사형께서도 긴장을 좀 하셔야 할걸요."

운각(雲覺)이 눈빛을 반짝거리며 말했다.

매화검수 중 나이는 가장 어려도 실력만큼은 손에 꼽힐 정도로 뛰어난 운각의 말에 운건이 피식 웃었다.

"내 걱정 하지 말고 네 걱정이나 해라. 둘이 가장 많이 투닥거리잖아. 운창 사제의 실력이 많이 는 것은 사실이나 감당하지 못할 정도는 아니니까. 솔직히 사제 중에서 제일 겁나는 사람은 따로 있어."

운건의 말에 운각을 비롯해 많은 사형제가 누구인지 짐작을 한다는 듯 고개를 끄덕였다.

"운종 사형이야 청풍 사숙조님께 특별한 가르침을 받았으니 그렇지요."

가장 늦게 매화검수의 자격을 얻었으나 유대웅과의 짧은 여행을 통해 많은 것을 깨달았고 최근 들어 그 실력이 폭발적으로 늘고 있는 운종은 동문들에겐 선망의 대상이었다.

"그럴까? 운종 사제의 말을 들어보니 수련은 지금과 그다지 다르지 않은 것 같던데. 기간도 길지 않았고."

"사숙조께서 영단이라도 주신 게 아닐까요?"

"헛소리는 하지 말고."

운각은 운건이 손을 뻗는 것을 보며 재빨리 피했다.

"흐흐, 말이 그렇다는 거지요. 그나저나 청풍 사숙조님은 정말 대단하신 것 같아요."

"대단하시지. 그때 봤잖아. 정무맹의 그 노사들을 가볍게 요리하시는 걸."

"아니요. 그게 아니라, 사숙조님의 움직임을 보세요. 운창 사형이 저렇게 공격을 퍼붓고 있는데 두 발 이상 움직이시는 걸 보지 못했어요."

"음……."

운건이 굳은 표정으로 유대웅의 움직임에 집중할 때 운각이 고개를 홱 돌리며 물었다.

"사부님께선 가능하세요?"

갑자기 자신에게로 불똥이 튀자 새롭게 매화검주가 된 덕진 도장은 당황스러움을 감추지 못했다.

"뭐가?"

"청풍 사숙조님처럼 저렇게 한 곳에서 공격을 막으실 수 있느냐고요?"

운각의 눈에서 장난기를 발견한 덕진 도장이 버럭 화를

냈다.

"이놈이! 불가능하다는 걸 알면서 사부를 놀리려고!"

"설마요. 그냥 조금 궁금해서……."

"시끄럽다. 딴청 피우지 말고 비무에 집중해. 단 하나도 놓치지 말고 잘 살펴. 사숙의 동작하나 하나가 모두 피가 되고 살이 되는 것이니까."

"옙."

운각은 덕진 도장이 도끼눈을 뜨며 야단을 치자 얼른 고개를 돌렸다.

운창의 화려한 공격이 언제 있었냐는듯 이제는 거의 일방적으로 두들겨 맞는 상황이었다.

"내가 몇 번을 말했지? 몸의 중심이 흩어지면 아무리 훌륭한 무공을 지니고 있어도 제대로 활용을 하지 못한다고. 귀에 못이 박히도록 말한 것 같은데."

운창의 공격을 그저 내딛는 발의 방향을 바꾸는 것으로 간단히 피한 유대웅이 들고 있던 목검으로 허벅지를 후려쳤다.

"비무를 시작한 지 얼마나 되었다고 벌써부터 이리 흔들려. 다리가 받쳐 주지 못하니 몸이 흔들리고 검끝에 힘이 없는 거다."

고통을 이기지 못하고 쓰러지는 운창을 보며 유대웅이 화난 음성으로 소리쳤다.

"지난 두 달간 그래도 어느 정도 성과가 있다고 믿었는데 아무래도 착각이었던 것 같다."

유대웅의 시선은 검에 의지해 간신히 중심을 잡는 운창이 아니라 어느새 겁에 굳은 표정으로 자신을 응시하는 매화검수들을 향해 있었다.

"사부님께선 무릇 모든 무공의 힘은 무엇보다 굳건한 하체와 단단한 허리에서 오는 것이고 그 힘을 얻기 위해 마보만큼 훌륭한 수련법은 없다고 하셨지. 나 역시 사부님께 처음 무공을 배울 땐 너희처럼 오전 내내 마보만 수련했다. 허벅지에 이 검을 올려놓고서."

유대웅이 허리에 차고 있는 초천검을 가리키며 말했다.

초천검이 거의 백근이 넘게 나간다는 것을 알고 있던 매화검수들의 얼굴이 불안감으로 휩싸였다.

"한데 오늘 보니 아무래도 수련이 부족한 듯싶다."

매화검수들의 얼굴이 새하얗게 변했다.

"매화검주."

"예. 사숙."

덕진 도장이 기합이 바짝 들어간 표정으로 대답했다.

"마보 훈련에 조금 변화를 줘야 할 것 같군요."

"말씀하십시오, 사숙."

"시간을 늘리는 것은 무리가 있는 듯하니 아무래도 강도를

올려야겠습니다. 옛날 사부께서 제 허벅지에 초천검을 올려
놓으신 것처럼 말이지요."

덕진 도장은 유대웅의 말뜻을 금방 알아들었다.

"방법을 강구하겠습니다."

순간, 매화검수들은 덕진 도장의 입가에 피는 스산한 웃음
을 보곤 그대로 굳고 말았다.

"제자들을 왜 그리 못살게 굴어?"

유대웅이 매화검수들을 닦달하는 모습을 지켜본 청우가
유대웅의 옆구리를 찰싹 때렸다.

"따가워요."

유대웅이 울상을 짓자 청우가 기도 안 찬다는 표정으로 말
했다.

"그만 좀 해라. 그 덩치에 엄살이 가당키나 해."

"사형의 손이 좀 매워야지요."

"으이구! 내가 말을 말아야지."

의뭉스런 웃음을 짓는 유대웅의 모습에 고개를 설레설레
흔든 청우가 덕진 도장의 고성이 들려오는 연무장을 가리키
며 말했다.

"사제가 워낙 압도적으로 밀어붙여서 그렇지 다들 많이 늘
었어. 스스로는 의식을 하지 못하고 있지만."

"예. 확실히 기초가 잘 되어 있어서 그런지 느는 속도가 빨라요. 이해력도 좋고."

"그런데도 그렇게 다그쳐?"

"자만하면 안 되니까요. 그리고 아직 많이 부족해요."

"그러다 실력이 느는 게 아니라 부상만 늘겠다."

청우가 염려스런 표정을 짓자 유대웅이 걱정하지 말라는 듯 웃었다.

"다들 육체적인 한계에 부딪칠 때까지 몰아붙이려고요. 자신의 한계를 경험하고 나면 다음엔 그만큼 실력이 늘더라고요. 부상쯤은 감수해야지요."

"수하들도 그렇게 훈련시킨 거야?"

유대웅이 코웃음을 쳤다.

"지금과는 비교도 안 되게 더 혹독하게 했지요. 녀석들 치료비로 들어간 돈이 얼마인데요. 온갖 좋은 약재와 의원까지 상주시키면서 훈련이 아니라 사실상 실전으로 임했으니까요."

"의원까지?"

청우가 놀란 눈으로 물었다.

"놀라긴요. 그렇게 안 했으면 수적질이나 하던 녀석들이 그토록 빨리 실력이 늘었겠어요?"

"그렇긴 하지만……."

"게다가 무사부님들이 워낙 뛰어났어요. 사형도 아시잖아요. 제가 어떤 분들과 인연을 맺고 있는지."

"알지. 그래서 얼마나 다행스럽게 여겼는지 모른다."

청우의 목소리가 살짝 떨리자 유대웅이 한숨을 내쉬었다.

"자자, 청승 그만 떨고 빨리 가보죠. 사형들께서 기다리시겠어요."

"청승이라니!"

"아님 말고요. 하하하!"

호탕한 웃음과 함께 운설당을 향해 뛰어가는 유대웅.

그의 커다란 등판을 보며 청우는 혀를 차면서도 어딘지 모르게 기쁜 얼굴이었다.

그에게 있어 유대웅은 장강을 통일한 영웅이 아닌 그저 덩치 크고 장난기 많은 사제일 뿐이었다.

"어서들 와."

운설당으로 들어오는 청우와 유대웅을 보며 청구자가 반색을 했다.

"찾으셨습니까?"

유대웅이 자리에 앉기도 전에 물었다.

"뭐가 그리 급해? 우선 앉도록 해."

유대웅이 핀잔 아닌 핀잔에 멋쩍은 웃음을 지으며 자리에 앉자 청구자가 김이 모락모락 피어오르는 차를 권했다.

"아이들은 좀 어때?"

"다들 열심히 하고 있습니다."

"다행한 일이지."

청구자가 만족한 미소를 지으며 고개를 끄덕였다.

유대웅이 매일같이 혹독하게 훈련을 시키는 덕에 매화검수들의 실력이 몰라보게 늘고 있음을 그는 알고 있었다.

청구자가 잠시 입을 다물자 말을 꺼낼 기회를 보던 원진 도장이 얼른 입을 열었다.

"운종이 도착을 했습니다."

"아, 그래요. 그도 같이 왔다고 하던가요?"

"예. 짐을 풀고 바로 이쪽으로 모시라 했습니다."

"잘됐군요."

유대웅의 말이 끝나기가 무섭게 밖에서 운종의 음성이 들려왔다.

"제자 운종입니다."

"들어오너라."

운설당 안으로 운종과 함께 두 명의 사내가 들어섰다.

몸은 유약하기 그지없으나 두 눈만은 혜안으로 빛나는 학자풍의 사내는 언젠가 녹수맹의 본거지인 군산을 공략하는 과정에서 죽림에 설치된 진법을 뚫어낸 와룡숙의 성운이었고 다른 한 사내는 유대웅과 장강수로맹을 연결하는 하오문의 제자 황소곤이었다.

"맹주님을 뵙습니다."

황소곤이 무릎을 꿇고 예를 표하자 이번에 엄청난 거금을 받고 와룡숙에서 장강수로맹으로 자리를 옮긴 성운이 어설픈 동작으로 함께 무릎을 꿇었다.

"매, 맹주님을 뵙습니다."

"됐습니다. 일어나세요."

아직은 모든 것에서 어색한 성운의 모습에 절로 웃음이 터진 유대웅이 손을 슬쩍 흔들어 그를 바로 세웠다.

"군산에서 만났을 때부터 그런 느낌은 받았지만 우리가 인연이 깊군요. 앞으로 잘 부탁드립니다."

"아, 아닙니다. 저야말로……. 아, 그리고 이제는 저도 장강수로맹의 일원입니다. 말씀 편히 해주십시오."

"그게 편하다면 그리하지. 자, 우선 여기 계신 사형들께 인사를 드리도록 하고."

유대웅의 말이 끝나기가 무섭게 자세를 바로 한 성운이 청구자 등에게 예를 차렸다.

"와룡숙에서 수학한 성운이라 합니다."

"반갑소, 청구라 하오."

"청진이라네."

"어서 오십시오, 청우입니다. 진법에 대단한 조예를 지녔다고 들었습니다. 모쪼록 잘 부탁드립니다."

"예? 아, 예. 예."

말로만 듣던 화산파의 노고수들을 직접 보게 된 성운은 어찌 말을 하고 행동을 해야 할지 갈피를 잡지 못하고 있었다.

순진한 성운의 모습에 다들 웃음을 지을 때 유대웅은 황소곤으로부터 커다란 금합을 건네 받았다.

"여의환?"

"그렇습니다."

유대웅의 얼굴이 환해졌다.

"드디어 왔군."

유대웅이 탁자에 금합을 올리자 모두의 시선이 집중되었다.

금합이 열리고 알싸한 약향이 운설당을 집어삼켰다.

금합엔 한 알 한 알 정성스럽게 포장한 여의환이 가득 들어 있었다.

"생각보다 많은데."

"정무맹에 계신 제자 분들의 것도 챙겼다고 하더군요."

"장청이?"

"예."

유대웅은 평소에 무심하기 그지없는 장청의 얼굴을 떠올

리며 피식 웃고 말았다.

"귀여운 놈. 고맙다는 말 꼭 전하도록 해."

"알겠습니다."

황소곤이 고개를 숙이며 대답했다.

"여의환입니다, 사형."

유대웅이 금합을 청구자에게 보였다.

"보았다. 이 귀한 물건이 이토록 많이……."

여의환을 보는 청구자의 눈빛이 살짝 떨렸다.

비록 자소단에 비할 바는 아니나 그 효과를 익히 들어 알고 있는 터. 단숨에 내력을 끌어올리거나 고수가 되도록 만들어 주지는 못하겠지만 한창 수련에 애쓰는 제자들에겐 큰 도움이 될 것이었다.

"뭐라 고맙다는 말을 해야 할지 모르겠구나."

청진자 역시 유대웅에게 깊은 감사를 했다.

왠지 분위기가 너무 진지하고 어색해지자 유대웅이 갑자기 엄지손가락을 치켜올렸다.

"하하하! 뭘 이 정도 가지고 그러세요. 제가 장강의 이겁니다."

"사형 앞에서 경박하게 그게 뭐야?"

청우가 인상을 쓰자 청구자가 고개를 흔들었다.

"그러지 말게. 막내 사제가 이게 아니면 누가 이거겠는가?"

청구자가 유대웅이 한 것처럼 엄지손가락을 치켜세웠다.

한바탕 웃음이 운설당에 찾아들었다.

웃음이 잦아들 즈음 유대웅이 원진 도장에게 금합을 전하며 말했다.

"제자들에게 복용시키세요."

"알겠습니다."

원진 도장이 공손히 금합을 받아 들었다.

"무슨 일로 이곳에 오게 되었는지 얘기는 들었겠지?"

유대웅이 잔뜩 긴장된 얼굴로 눈망울만 굴리고 있는 성운에게 물었다.

"예. 맹주님."

"가능할까?"

"일단 지형을 살펴봐야겠지만 가능은 할 것 같습니다."

"지형적으로 험준한 곳이라 적의 접근이 용이한 통로가 몇 군데 없어. 특히 조금 전에 올라온 길을 제외하곤 모두 협소하기 그지없고."

"알겠습니다. 그런데 옥천원 쪽도 원하신다 들었습니다."

"당연히. 지금이야 정무맹에서 온 인원들이 지켜주고 있으니까 상관없지만 언제까지 저들이 지켜줄지도 의문이고. 사실 본 문의 안위를 저들에게 맡기는 것도 마음에 들지 않아. 마음 같아선 당장에라도 쫓아버리고 싶지만 아직 준비가 미흡해."

유대웅이 영 마음에 들지 않는다는 듯 얼굴을 찌푸리자 청우가 조금 놀란 표정으로 말했다.

"사제가 저들을 그렇게 싫어하는 줄은 몰랐다."

"당연하잖아요. 처음 이곳에 도착했을 때 그들이 옥천원에서 저지르는 분탕질을 보는데 어찌나 화가 나던지요."

유대웅의 큰 손에 들린 찻잔이 꼭 어린아이 장난감 같다는 생각을 하던 청구자가 살며시 웃으며 물었다.

"그런데 어째서 생각을 바꾼 것이냐? 저들이 떠나면 사사천교의 손에서 본 문을 지키는 것이 버겁다고 생각한 것이냐?"

"그건 아닙니다. 세 분 사형도 계시고 장문 사질도 있는데 제가 마음대로 결정할 일이 아니었지요. 게다가 마음에 들지는 않아도 나름 이득도 있으니까요."

"그렇지. 저들이 본 문을 욕보인 것은 사실이나 도움을 주고 있다는 것은 부인할 수 없는 사실이야."

"그래도 사숙께서 오신 이후론 상당히 얌전해졌습니다. 옥천원에서 함부로 살생을 하거나 음식을 하지도 않고요. 서로 조심하는 눈치들입니다."

원진 도장의 말에 청진자가 코웃음을 쳤다.

"쯧쯧, 그러게 뜨거운 맛을 보기 전에 조심을 해줬으면 좀 좋아. 서로 얼굴 붉힐 일도 없고. 멍청한 인간들 같으니."

"어쨌든 저들에게 언제까지 본 문의 경비를 맡길 수는 없다고 봅니다. 성원."

"예. 맹주님."

"맹주가 아니라 앞으로는 공자라고 부르도록 해."

유대웅은 사형들 앞에서 맹주로 불리는 것이 조금 불편했던지 호칭을 수정토록 했다.

"알겠습니다, 공자님."

"옥천원 주변에 진을 설치한다고 하면 어떻겠어? 가능할까?"

"규모도 규모지만 통하는 길이 워낙 많아 솔직히 버겁습니다."

유대웅이 실망스런 표정을 짓자 성원이 재빨리 말을 이었다.

"하지만 와룡숙에 계신 스승님께서 도움을 주신다면 가능할 것 같습니다."

"스승님? 아, 운대 선생이라 불리는 분 말이지?"

"예. 저와는 비교도 할 수 없을 정도로 뛰어난 능력을 지니신 분입니다."

"그렇다면 모셔야지."

유대웅이 황소곤에게 시선을 주었다.

"맹에 연락해서 방금 말한 운대 선생을 초빙할 방법을 연구하라고 해. 최대한 빨리."

"알겠습니다."

"와룡숙이라면 비용이 만만치 않을 텐데. 너무 무리하는 것 아닐까?"

청우가 걱정스런 표정으로 묻자 유대웅이 다시금 엄지를 치켜올렸다.

"제가 이거라니까요."

*　　　*　　　*

태호청에 장강수로맹의 핵심 수뇌들이 한 자리에 모였다.

한 달에 한 번, 생사림에 머물고 있던 무사부들까지 참석하는 정례 원로회의 때문이었다.

"지금부터 회의를 시작하겠습니다."

장청이 회의의 시작을 알림과 동시에 사도진에게 눈짓을 하였다.

사도진은 원로회의 구성원이 아님에도 정례 원로회의에 참석할 수 있는 두 사람 중 한 명이었는데 장강수로맹의 모든 정보를 주관하는 운밀각주의 신분임을 감안하면 당연한 일이었다.

다른 한 사람은 맹주를 호위하는 호천단 단주 이석으로 맹주 역할을 하고 있는 항평이 폐관수련에 들어가는 바람에 이번 정례회의에는 참석을 하지 않았다.

"오늘 말씀드릴 안건은……."

사도진의 말은 곧바로 잘렸다.

"안건은 나중에 다루고 일단 그 녀석 얘기나 좀 해봐. 벌써 팔 개월이 넘었어. 대체 뭐하고 있다고 하더냐?"

뇌우의 말에 장청이 인상을 찡그렸으나 제지를 하지는 않았다. 모두, 특히 생사림에서 지내던 자우령과 마독까지 유대웅의 근황을 궁금해하는 모습 때문이었다.

"그건 제가 말씀드리는 것이 더 낫겠네요."

항몽이 빙그레 웃으며 나섰다.

유대웅과 장강수로맹의 연결 고리 역할을 하는 자가 하오문의 제자임을 감안하면 그녀만큼 유대웅의 상황을 잘 알고 있는 사람도 없었다.

"일전에 운대 선생께서 화산에 가신 것을 기억하시는지요?"

"운대? 아, 와룡숙인가 뭔가 하는 곳에서 선생질을 한다는 늙은이?"

"예. 지난 달 말에 다시 와룡숙으로 돌아가셨어요."

"그게 그놈하고 뭔 상관인데?"

"맹주께서 운대 선생을 요청한 것은 화산파를 외부로부터 지키기 위한 진법을 설치하기 위함이었지요. 그리고 운대 선생이 와룡숙으로 돌아왔다는 것은 그 일이 모두 끝났다는 것. 조만간 무슨 움직임이 있을 듯싶군요."

"따로 언질이라도 있었더냐?"

자우령의 물음에 장청이 대신 대답했다.

"정무맹으로 가실 생각이라 하셨습니다."

"정무맹에? 어째서?"

"정무맹에 이십여 명의 매화검수가 발이 묶여 있는 것을 아실 겁니다."

"알지. 더러운 놈들. 화산파가 그 지경이 되었는데 말도 안 되는 수작질을 부리고 있지."

뇌우가 거센 콧김을 뿜어내며 노기를 드러냈다.

"그 친구들을 살피러 가실 모양입니다. 더불어 그쪽 돌아가는 상황을 좀 살피시고요."

"정무맹에서 매화검수들을 쉽게 내어줄지는 의문이군."

정무맹에 있는 손녀 영영과도 연관이 있는 문제이기에 마독의 얼굴은 다소 굳어 있었다.

"맹주께서 직접 가신다는 무슨 복안이 있겠지요."

장청의 대답에 자우령이 고개를 끄덕였다.

"흠, 나쁘지 않은 생각 같구나. 장군가가 아니더라도 언젠

가는 그들과 엮일 날이 올 테니까. 그런데 화산파에 머물고 있는 정무맹의 병력은 어찌한다고 하더냐? 진법이 구축되면 돌려보낼 생각을 하고 있다고 언뜻 들었다만."

"저도 그렇게 알고 있습니다."

"괜찮을지 모르겠다. 그들이 물러난 뒤 사사천교로부터 또 다시 공격을 받을 수도 있는 노릇이고."

"운대 선생께서 화산파 주변에 설치한 진법은 어지간한 병력과 실력자들이 아니라면 감히 뚫지 못할 것입니다."

운대 선생에게 직접 가르침을 받은 장청은 운대 선생이 설치한 진법의 강력함을 굳게 믿고 있었다.

"와룡숙 출신인 군사가 그리 말한다면 그런 것이겠지. 하긴, 맹주가 바보가 아닌 이상 아무런 준비도 없이 그들을 물릴 리는 없겠고. 쓸데없는 걱정을 했군."

자우령이 살짝 숙였던 상체를 뒤로 깊게 젖히며 입을 다물자 유대웅에 관한 이야기는 사실상 끝이 났다.

장청의 눈짓에 사도진이 다시 입을 열었다.

"보름 후, 동정호에서 대규모 훈련이 있다고 합니다. 관부에서 도움을 줄 것을 정식으로 요청해 왔습니다."

"정식으로?"

이휘가 놀란 눈으로 되물었다.

"그렇습니다."

사도진이 약간은 들뜬 음성으로 대답했다.

사실 지난 몇 달간 장강수로맹은 인근의 관부, 군부에 줄을 대기 위해 무던히도 애를 썼다.

지위 고하를 막론하고 막대한 재물을 안겼고 관과 군에서 벌어지는 거의 모든 행사에 지원을 아끼지 않았다.

동정호 및 장강에서 벌어지는 수군의 훈련에도 큰 도움을 주었는데 장강수로맹이 소유하고 있는 배들을 동원하여 가상의 적이 되어주기도 하고 아군이 되어 함께 적을 토벌하는 훈련도 병행했다. 이는 철저하게 비공식적으로 이루어졌는데 음으로 양으로 아무리 큰 도움을 받고는 있어도 장강수로맹이라는 이름을 겉으로 드러내 놓기엔 아무래도 장강수로맹이 장강의 수채에서 시작되었다는 것이 부담되는 것이다.

한데 이번에 정식적으로 도움을 요청했다는 것은 장강수로맹을 단순히 수적 떼가 아닌 무림의 정식 문파, 나아가 나라에 큰 보탬이 되는 집단으로 인정을 한다는 말과 다름이 없었다.

"그동안의 노력이 이제야 결실을 보는군."

"들인 공이 얼마인데 당연한 일이지. 그런데 난 아직도 의문이다. 꼭 이렇게까지 해야 하는지 모르겠어."

뇌우가 탐탁지 않은 얼굴로 말했다.

"일전에 말씀드렸다시피 관과 군에 그토록 많은 공을 들인 이유는 장군가의 위협에서 벗어나기 위함입니다. 무림일통을 꿈꾸는 장군가로선 장강은 결코 포기할 수 없는 곳입니다. 낙성검문과 해사방 건으로 잠시 숨을 고르고 있는 듯하지만 언제 다시 공격을 해올지 모릅니다. 하나, 제아무리 장군가라도 관과 군의 비호를 받고 있는 장강수로맹을 함부로 공격할 수는 없지요. 전적으로 믿을 수는 없겠지만 최소한의 안전장치는 될 수 있을 것입니다."

장청이 착 가라앉은 음성으로 조곤조곤 설명을 했지만 뇌우는 여전히 못마땅한 표정이었다.

"안다, 알어. 다만 무림의 일에 관부의 세력까지 끌어들이는 것 자체가 영 마음에 들지 않아서 그래. 우리 스스로 해결하지 못하는 것도 짜증이 나고."

투덜거리기는 해도 뇌우 역시 관, 군부와의 연계에 대한 필요성을 충분히 인식하고 있는 듯했다.

"노부 역시 그다지 마음에 들지는 않지만 맹주도 없는 상황에서 무리할 필요는 없다고 본다. 기왕 이렇게 된 것 제대로 준비를 하여 그들에게 우리의 존재감을 확실하게 심어주는 것도 나쁘지 않을 것 같구나."

자우령이 장청의 의견에 힘을 실어주었다.

"명심하겠습니다."

공손히 대답을 한 장청이 항몽에게 고개를 돌렸다.

"평의 폐관수련은 언제쯤 끝날 것 같습니까?"

"정확히는 모르겠어요."

"맹주가 공식 석상에서 모습을 감춘 지 벌써 두 달째입니다. 물론 폐관수련이라는 이유가 있지만 이번 훈련 중에는 한 번 정도 얼굴을 비추는 것이 좋을 듯싶군요."

"확인을 해보지요."

"부탁드립니다."

정중히 부탁을 한 장청이 자우령에게 고개를 돌렸다.

"이번 훈련에 누구를 내보낼지도 결정해야 할 듯싶습니다."

"지난번에 흑호대가 참여했던가?"

"예."

"그럼 이번엔 황호대로 하지."

자우령의 말에 단혼마객이 반대를 하고 나섰다.

"황호대가 아니라 적호대가 좋을 듯싶습니다."

"어째서?"

"황호대주가 어떤 놈인지 생각해 주십시오. 자칫하면 엉뚱한 말썽을 일으킬 소지가 있습니다."

"동감이야. 근래 들어 다소 정체기인 모양이더군. 수하들은 실력이 부쩍부쩍 느는데 자신만 제자리걸음을 한다고 생각하는지 보통 짜증을 내는 게 아니야. 멍청한 놈 같으니. 그만한 수준에 올랐으면 한 단계 더 치고 올라가는 것이 얼마나 힘들다는 것을 알 만도 하거늘 어린애처럼 투정은."

뇌우와 단혼마객이 동시에 고개를 흔들자 자우령도 아차 하는 심정이었다.

"그, 그래. 아무래도 바꾸는 게 낫겠군. 설 호법 말대로 적 호대로 하는 게 좋겠다."

"그리 조치하겠습니다. 한데 그렇게 심각합니까?"

"말도 마라. 비무 때마다 어찌나 발광을 해대는지 죽을 지 경이다. 이건 미친개가 따로 없어."

뇌우가 진저리를 치며 고개를 흔들었다.

뇌우의 심정을 누구보다 잘 알고 있기에 단혼마객과 마독 또한 한숨을 푹푹 내쉬었다.

                    *   *   *

장강수로맹, 풍림상회, 그리고 중원 각지에 흩어져 있는 화 산파 문인들로부터 쏟아져 들어온 후원금으로 잿더미로 변해 버린 옥천원도 어느 정도는 제 모습을 찾아가던 어느 날, 화 산에 오른 지 정확하게 팔 개월 십 일째 되던 날 유대웅은 하 산을 결정했다.

옥천원에 진을 치고 있던 정무맹의 무인들은 보름 전 화산을 떠났다.

지난날의 마찰이야 어쨌든 사사천교로부터 화산을 지켜줬고 옥천원을 재건하는 과정에서 나름 도움을 준 그들에게 정무맹으로 돌아가 달라는 말을 하기란 쉽지 않은 것이었다.

사사천교가 또다시 화산을 공격하지 않는다는 보장도 없었다.

하지만 언제까지 그들에게 의지해 화산파의 자존심을 해칠 수는 없는 노릇이었다. 또한 그들을 돌려보냄으로써 아직도 돌아오지 못한 매화검수들도 복귀시켜야 했다.

물론 그런 결정을 내릴 수 있었던 것은 유대웅이 하오문의 정보력을 동원하여 화산파 인근을 철저하게 감시할 수 있도록 조치를 취했고, 남아 있는 화산파 제자들의 실력이 상당히 향상되었다는 것과, 운대 선생과 성원이 화산파 주변에 펼친 막강한 절진의 힘이 컸다.

화산파로부터 철군을 해달라는 정중한 요청을 받은 여섯 명의 노사는 별다른 말 없이 철군을 결정했다.

근 팔 개월이 지나도록 인근에서 사사천교의 움직임이 전혀 감지가 되지 않았고 의도야 어찌 되었든 근 이백에 가까운 정예가 화산파 한곳에 묶여 있는 것도 그리 바람직한 일은 아니라는 상부의 의중이 이미 전해져 있었기 때문이었다.

"준비는 끝난 것이냐?"

청구자의 얼굴엔 근심이 가득했다.

"준비랄 것도 없습니다. 그냥 몸뚱이 하나만 움직이면 되는 것을요."

유대웅이 가볍게 웃었다.

"운종에게 일러두었으니 알아서 준비를 했을 것입니다."

원진 도장의 말에 유대웅이 살짝 인상을 찌푸렸다.

"혼자 가도 되는 것을요."

혼자 움직이는 것이 여러모로 편하다고 생각하여 조용히 정무맹으로 향하려 했던 유대웅의 행보는 사형들과 원진 도장의 극렬한 반대에 부딪쳤다.

그들의 강권을 꺾지 못해 운종을 데리고 가는 것으로 결정을 하였으나 유대웅으로선 못내 불만이었다.

"사숙께서 움직이시는데 수행하는 아이 하나 없다는 것은 말이 안 됩니다. 본 문의 체면도 있고요."

"이미 결정 난 일이잖아."

청우가 원진 도장을 거들었다.

"알았다고요."

말이 길어질까 저어한 유대웅이 얼른 숙이고 들어갔다.

"황하련이 먼저던가?"

"예."

"재주도 좋아. 당가도 그렇고 황하련도."

"당가야 초창기부터 인연을 맺은 곳이고 황하련은 같은 길을 가는 곳이니까요. 그리고 아시잖아요. 꼭 찾아야 하는 인물이 그곳에 있다는 것을."

"빙검 어르신의 후예 말이지?"

"예. 이제야 찾아보게 되어 너무 죄송해요."

유대웅의 얼굴에 어두운 그늘이 졌다.

매화검수들을 혹독하게 몰아붙이며 정신없이 하루하루를 보내던 유대웅이 무념동을 찾은 것은 청구자로부터 지난 두 번의 혈사에서 화산파에 은둔하고 있던 이들의 도움이 실로 컸다는 말을 우연찮게 들은 직후였다.

과거 화산검선은 유대웅의 안계를 넓혀주고자 화산에 은둔하고 있던 정사마의 고수들과 매일같이 비무를 시킨 적이 있었다.

그들 중에서 가장 뛰어난 실력을 지녔고 유대웅에게 큰 빚을 남긴 사람이 있었으니 그가 바로 빙검 나곤이었다.

유대웅에게 평생 동안 갈고 닦은 내력을 남기고 쓸쓸히 사라져 간 인물.

유대웅이 예기치 않게 화산을 떠난 뒤 청우는 조그만 암굴에서 조용히 숨을 거둔 빙검의 유해를 거둬들였고 화산검선의 명에 따라 그의 유골과 유일한 유품인 애검 설풍을 무념동에 안치했다.

무념동에서 빙검의 유골함과 설풍을 확인한 유대웅은 사부나 마찬가지인 그를 잊고 지냈다는 죄책감에 눈물을 흘리며 한동안 자리를 뜨지 못했다.

이후, 하오문과 장강수로맹의 모든 정보망을 동원하여 빙검의 발자취를 쫓던 중 마침내 그의 마지막 후손이 살아 있으며 황하련에 소속되어 있다는 것을 확인할 수 있었다.

"정무맹에 들어서는 순간부터는 한시도 긴장을 늦춰선 안 된다. 겉으로는 평온하고 웃는 얼굴일지 모르나 그 어떤 곳보다 치열한 암투가 펼쳐지는 곳이 바로 그곳이야. 더구나 네가 그들이 가장 존경하면서도 어려워하고 두려워했던 사백의 제자라는 것이 알려진 이상 모든 시선이 집중될 터. 말 한 마디 행동 하나에 본 문의 명예는 물론이고 사백님의 명예 또한 흠집이 날 수 있다는 것을 알아야 한다."

황하련을 방문해야 할 일도 있고 이번 기회에 정무맹을 두루 살펴보고 싶어 했던 유대웅의 요청을 거절할 수가 없어서 허락은 했지만 정무맹에서 산전수전 다 겪은 청진자는 유대웅을 홀로 정무맹으로 보내는 것이 영 마음에 걸렸다. 실력이야 두말할 것 없으나 아무래도 노회한 정무맹 인사들을 상대하기엔 연륜이 부족하단 생각이었다.

"예. 사형. 잘 알고 있습니다. 너무 걱정하지 마십시오."

"저들이 제자들을 쉽게 내주면 다행이지만 어떤 마음을 가지고 있을지 모르겠구나. 그렇다고 너무 무리는 하지 말거라. 그들과 크게 마찰을 하여 좋을 것은 없으니."

청구자의 염려 섞인 말에 유대웅이 고개를 끄덕였다.

"최대한 조심하겠습니다. 그렇다고 무조건 굽힐 생각은 없습니다. 이치에 합당한 요구를 하는데도 무시를 한다는 것은 저들이 본 문의 체면은 전혀 고려치 않는다는 것이니까요."

"무력시위라도 할 생각이더냐?"

"필요하다면 할 것입니다."

"허!"

정무맹에서 무력시위를 할 수도 있다는 유대웅의 말에 청구자는 어이없다는 표정을 지었다.

하지만 다른 사람도 아닌 유대웅이었기에, 화산검선의 진전을 고스란히 이어받은 유대웅이 하는 말이었기에 무시할 수가 없었다. 오히려 화산파의 제자로서 그런 말을 할 수 있는 인물이 있다는 것이 내심 반갑기까지 했다.

"그래. 이 늙은이가 쓸데없는 말을 하고 있구나. 어련히 알아서 잘 하겠지."

청구자는 따뜻한 눈빛으로 유대웅에게 지지를 보냈다.

"어려운 일이 있으면 즉시 연락하여라. 언제든지 달려갈 준비를 하고 있을 테니까."

청진자가 유대웅의 등을 두드리며 말했다.

"예, 사형."

"너무 성질부리지 말고 두 분 사형의 말씀을 명심해."

청우가 유대웅의 두툼한 손을 가볍게 잡았다.

"그렇다고 기죽거나 하지는 마. 누가 뭐래도 너는 사부님의 제자다."

"알고 있습니다."

청우의 조그만 손을 통해 전해지는 따뜻한 기운에 마음 한 켠이 뭉클해졌다.

"제자들을 부탁드립니다, 사숙."

원진 도장이 정중히 허리를 꺾었다.

"녀석들에게 전해주십시오. 제대로 수련을 하지 않으면 다녀와서 모두 지옥문을 보게 해준다고요."

"예, 사숙."

원진 도장이 미소를 지으며 대답했다.

"다들 말하기를 이미 지옥에 다녀왔다고 하더라. 여기는 걱정하지 말고 어서 출발이나 해."

청우의 핀잔에 유대웅이 봇짐을 메고 있는 운종에게 손짓을 했다.

"어쩌다 보니 또 함께 움직이게 됐다. 준비는 됐지?"

"예. 사숙조님."

운종이 상기된 얼굴로 말했다.

유대웅을 수행할 수 있다는 것 자체를 그는 영광으로 여기고 있었다.

"그럼 다녀오겠습니다. 강녕하십시오."

정중히 예를 표한 유대웅은 아쉬움 가득한 얼굴의 사형들을 뒤로하고 옥천원을 나섰다.

힘찬 발걸음의 유대웅과 종종 걸음으로 따라붙는 운종의 뒷모습을 보며 청구자의 입에서 나직한 도호가 흘러나왔다.

第六章

빙검(氷劍)의 후예(後裔)

"건물이 보입니다."

운종이 귀밑으로 줄줄 흐르는 땀을 닦아내며 말했다.

"우묘다. 먼 옛날 황하의 물길을 잡았다는 우를 기리기 위함이라던가. 대충 그럴 거다."

하지만 유대웅에겐 아득한 옛일보다는 황룡제의 백미라 할 수 있는 용선투의 출발지라는 것이 더 기억에 남았다.

"우묘에 도착했으니 황하련이 얼마 남지 않았다. 그렇게 죽을상 하지 말고 기운을 내."

"예? 예. 사숙조."

운종이 쓴 웃음을 지으며 고개를 끄덕였다.

그럴 만도 한 것이 화산을 떠난 지난 며칠 동안 운종은 유대웅으로부터 혹독한 시달림을 받아야 했다. 화산에 있을 때도 가르침을 받았지만 그때는 여러 동문과 함께였고 지금은 그 혼자였다. 그만큼 길어진 시간에 강도 또한 화산에 있을 때와 비할 바가 아니었다.

당장 지금만 보더라도 유대웅은 편히 걷는 길을 운종은 보로(步路)를 따라 쉴 새 없이 발을 놀려야 했다.

구성에 이른 난화보의 수준을 끌어올리기 위한 연습이라지만 끊임없이 내력을 운기하며, 더구나 앞으로 치고 나가는 것도 아니고 느릿느릿 걷는 유대웅의 보폭에 속도를 맞추다 보니 고역도 그만한 고역이 없었다.

"자, 잠시 쉬어 가시려는 것 아니었습니까?"

"쉬어? 왜? 황하련이 코앞인데. 힘들어?"

"아, 아닙니다."

유대웅이 고개를 갸웃거리자 운종은 얼른 입을 다물었다. 그런 운종을 보며 유대웅은 피식 웃음을 터뜨렸다.

입으론 아니라고 해도 몰골을 보니 금방이라도 쓰러질 듯 위태로웠기 때문이었다.

'무리를 하긴 했지.'

게다가 땀과 먼지로 범벅이 되어 꼴이 말이 아니었다.

"아니다. 잠시 쉬었다 가자. 이런 모습으로 황하련을 방문하는 것은 손님으로서 예의가 아닌 것 같다. 본 문의 체면도 있고."

"아, 알겠습니다."

다리는 후들거리고 허리가 끊어질듯 고통스러웠던 운종의 얼굴에 화색이 돌았다.

우묘는 생각보다 규모가 작았다.

건물이라 봐야 우의 좌상(坐像)이 있는 본전과 본전 앞에 놓인 커다란 향로(香爐)가 전부였다.

향화객이 다녀간 것인지 향로에는 붉은 향이 수북히 쌓여 있었는데 은은한 향내음은 깨끗하게 정리가 된 주변의 풍경과 어우러져 어딘지 모르게 포근한 느낌을 주었다.

"우선 씻도록 해. 땀에 찌든 옷도 갈아입고."

"예. 사숙조."

유대웅이 본전 한쪽 기둥을 벗 삼아 휴식을 취하고 있을 때 운종은 몸을 씻기 위해 우묘 밑의 장강으로 향했다.

"좋군."

유대웅은 사방에서 지저귀는 새소리, 도도히 흐르는 강물 소리, 살포시 다가와 부드럽게 몸을 훑고 지나가는 바람과 바람에 실려오는 향내음에 취해 가만히 눈을 감았다.

그런 평온함도 잠시, 그를 취하게 했던 자연의 흥취는 순식간에 사라지고 우묘는 이내 살벌한 욕설로 뒤덮였다.

"잡아랏! 잡아!"

"위쪽으로 도망간다. 쫓아!"

소음에 가까운 외침을 달고 몸을 씻기 위해 강가로 내려갔던 운종이 엉망이 된 몰골로 달려오고 있었다.

머리는 산발을 하고 옷도 제대로 걸치지 못한 상태에서 부상을 당했는지 어깨 쪽에선 피가 줄줄 흐르고 있었다.

"사, 사숙조님!"

"무슨 일이냐?"

굳이 대답을 들을 필요도 없었다.

운종이 지나온 길을 따라 열댓 명의 사내가 우르르 몰려들었기 때문이었다.

"한 놈 더 있었군."

우두머리인 듯한 사내가 피 묻은 검을 흔들거리며 다가왔다.

그 피가 운종의 것이라는 직감한 유대웅이 운종의 어깨를 살폈다.

다행히 뼈가 상하거나 심줄이 다친 것은 아니었지만 그래도 상당한 양의 피가 흘러내리고 있었다.

"괜찮아?"

"괜찮습니다. 살짝 스쳤을 뿐입니다."

"지혈부터 해."

"예. 사숙조님."

황급히 혈을 짚고 옷을 찢어서 지혈을 하는 운종을 지켜보던 유대웅이 천천히 몸을 돌렸다.

"무슨 이유로 공격을 한 것이오?"

자신들을 둘러싸고 있는 사내들이 황하련과 연관이 있는 자들이라 판단한 유대웅이 애써 화를 참으며 물었다.

"이유? 이유야 네놈들이 더 잘 알겠지. 감히 여기가 어디라고 설치길 설쳐."

사내가 진득한 살기를 뿜어내며 소리쳤다.

"여기? 황하련의 영역이겠지."

"아는 놈들이 쥐새끼처럼 숨어 들어와? 그렇잖아도 성질이 뻗쳐 죽겠는데 잘됐어. 아주 잘됐어."

"쥐새끼? 입이 꽤나 더럽군."

유대웅의 눈빛이 서늘해졌다.

"호~ 제법. 마음대로 지껄여. 어차피 목이 떨어지면 지껄이고 싶어도 더 이상 지껄일 수 없을 테니까."

양측에서 움직임이 보이자 사내가 고개를 휙 돌렸다.

"멈춰. 이 덩치 큰 쥐새끼는 내가 잡는다. 아무도 나서지 마."

수하들의 움직임을 멈춰 세운 사내가 살기로 번들거리는

눈빛으로 피 묻은 검신을 혀로 핥았다.

"고통스럽게 죽여주지."

말이 끝남과 동시에 사내의 몸이 유대웅을 향해 돌진했다.

좌우로 가볍게 몸을 흔들며 일직선으로 돌진하는 그 움직임이 가히 전광석화와 같았다.

눈 깜짝할 사이에 도착한 것이 목을 관통하려는 순간, 슬쩍 몸을 비튼 유대웅의 왼손이 사내의 손목을 낚아채며 잡아당기고 오른발이 중심을 잃고 기우뚱거리는 사내의 뒷목을 찍어 눌렀다.

"컥!"

처참하게 고꾸라지는 사내의 입에서 외마디 비명이 터져 나왔다.

유대웅이 사내의 머리를 지그시 밟아 누르곤 가만히 말했다.

"쥐새끼한테 밟힌 너는 대체 뭐지?"

대답을 할 리가 없었다.

유대웅의 육중한 무게를 이기지 못한 사내는 얼굴이 절반쯤 땅바닥에 파묻힌 상태였다.

유대웅의 발에 짓밟히고 있는 사내의 이름은 추뢰(秋雷).

성격이 다소 급하고 거칠어서 문제지 황하련의 대장로 방각의 제자이자 황하련에서 가장 뛰어나다는 후기지수 황하칠룡 중 한 명이었다.

그런 추뢰가 단 한 번의 역습으로 처참한 꼴을 당하자 수하들은 경악을 금치 못하며 어찌 대처를 해야 할지 당황을 했다.

"네, 네놈이 감히!"

"어서 그 발을 치우지 못해!"

간신히 정신을 수습한 수하들은 무조건 추뢰를 구해야 한다는 생각에 일제히 달려들었다.

그들과 무기를 들고 드잡이질을 할 생각이 없었던 유대웅이 추뢰의 머리에서 발을 떼며 천천히 물러났다.

"크으으."

고통의 신음을 내뱉으며 천천히 몸을 일으키는 추뢰.

두 눈은 붉게 충혈되었고 코와 입에선 붉은 피가 줄줄 흘러내렸다.

"비켜!"

부축하는 수하들을 거칠게 뿌리친 추뢰가 몇 걸음 뒤에서 오연한 자세로 서 있는 유대웅을 보며 이를 갈았다.

"네, 네놈이 감히 나를!"

추뢰가 검을 고쳐 잡았다.

"주, 죽여 버리겠다."

"다시 한 번 생각해 보는 것이 좋을 거다. 련주님을 생각해서 손속에 인정을 두었지만 이번엔 용서할 생각이 없으니까."

유대웅의 차가운 눈초리에 추뢰의 몸이 흠칫 떨렸다.

비로소 유대웅의 전신에서 일렁이는 묘한 기운이 느껴졌다.

더불어 방금 전 자신을 무력화시킨 한 수, 절체절명의 순간에도 조금의 변화도 없었던 표정과 어떻게 당했는지도 모를 일련의 동작들을 상기하자 갑자기 가슴 한 켠이 서늘해졌다.

"공자님. 저희에게 맡겨주십시오."

"당장 놈의 목을 베어버리겠습니다."

추뢰가 주춤거리는 것을 방금 전 당한 부상의 후유증 때문이라고 여긴 수하들이 흉포한 기세를 드러내며 소리쳤다.

'병신들! 닥치란 말이다!'

유대웅에게 알 수 없는 두려움을 느낀 추뢰는 자신의 속도 모르고 소리를 질러대는 수하들에게 짜증이 솟구쳤다. 그렇다고 내색도 할 수 없었다.

'수하들과 합공을 한다면……'

슬쩍 유대웅을 바라보았다.

가능성이 전혀 없어 보였다.

'제, 제기랄!'

추뢰가 수하들의 눈치를 보더니 갑자기 이마를 짚고 몸을 휘청거렸다.

"고, 공자님!"

수하들이 황급히 달려와 그의 몸을 부축했다.

"이, 일단 물러난다."

추뢰가 힘없이 말했다.

"저놈을 그냥 두고 말입니까?"

"명만 내려주십시오. 살을 바르고 뼈를 갈아 버리겠습니다."

추뢰의 매서운 눈초리가 사내에게 꽂혔다.

"살을 발라도 내가 바를 것이고 뼈를 갈아도 내가 간다. 닥치고 있어."

사내의 뒤통수를 후려친 추뢰가 유대웅을 바라보며 소리쳤다.

"지, 지금은 부상으로 물러나지만 안심하지 마라. 이곳은 황하련의 영역. 네놈들이 어디로 가든, 어디에 숨든 반드시 찾아내게 되어 있다. 반드시 네놈의 명줄을 끊어주마."

장황한 추뢰의 말에 유대웅이 귀찮다는 듯 짧게 한마디를 던졌다.

"꺼져."

"이!"

추뢰는 유대웅의 모욕적인 언사에도 크게 반발을 하지 못하고 물러날 수밖에 없었다.

수하들의 부축을 받으며 우묘를 벗어난 추뢰가 언제 부상을 당했냐는 듯 자세를 바로 하며 명을 내렸다.

"너희 둘은 지금 당장 련으로 돌아가 놈들에 대해 알려라. 나머지는 우묘를 중심으로 넓게 포위망을 구축하며 놈들의 움직임을 쫓는다. 절대로 함부로 부딪치지는 마라."

"존명!"

명을 받은 수하들이 일제히 움직이자 우묘로 고개를 돌린 추뢰가 두 눈을 희번덕거리며 이를 부득 갈았다.

"사사천교의 쥐새끼들. 감히 나를, 황하련을 건드렸단 말이지. 아주 잘근잘근 밟아주마."

추뢰의 욕설이 전해진 것인지 주섬주섬 옷을 챙기는 운종의 모습을 보던 유대웅이 귓구멍을 후볐다.

"다친 데는?"

"괜찮습니다. 피도 멎었고 상처도 잘 싸맸습니다."

"그래도 혹시 모르니 황하련에 도착하면 의원에게 치료를 받도록 해."

"예. 사숙조님. 그런데 괜찮을지 모르겠습니다."

"뭐가?"

"황하련의 식솔들과 마찰이 일어나지 않았습니까?"

유대웅이 황하련과 다소 인연이 있다는 것만 인지하고 있을 뿐 그와 황하련, 정확히는 백규와의 관계를 확실히 알지는 못하고 있던 운종이 걱정스런 표정으로 묻자 유대웅이 피식 웃음을 터뜨렸다.

"괜찮지 않으면? 쓸데없는 걱정하지 말고 앞장이나 서."

"예. 사숙조님."

운종이 서둘러 걸음을 옮기자 뒤를 따르던 유대웅이 주위를 둘러보았다.

'쓸데없는 짓을 하는군. 하긴 그대로 물러날 것 같지는 않았지만.'

유대웅은 퇴각을 하며 자신을 노려보던 추뢰의 눈빛을 떠올리며 가볍게 숨을 내쉬었다. 큰 문제는 없겠지만 조금은 귀찮아질 수 있다는 생각이 들었다.

그의 예상은 정확히 들어맞았다.

우묘를 떠난 유대웅과 운종이 삼문협에 도착했을 때였다.

천지를 진동시키는 듯한 물줄기 소리에 묻힌 파공성을 유대웅은 정확히 잡아냈다.

"조심해."

운종에게 나직이 경고를 한 유대웅이 팔을 움직였다. 그리곤 미간을 향해 짓쳐들던 화살 하나를 잡아챘다.

"사, 사숙조님!"

깜짝 놀란 운종이 재빨리 검을 빼 들곤 사위를 경계했다.

첫 번째 화살을 시작으로 사방에서 엄청난 양의 화살이 쏟아져 들어왔다.

유대웅이 손을 쓸 필요도 없었다.

그 정도 공격은 운종의 힘으로도 얼마든지 감당할 수 있었다.

두 사람을 향해 무수히 쏟아진 화살은 운종의 활약에 막혀 그들에게 생채기 하나 내지 못했다.

공격이 별다른 효과가 없다고 생각했는지 더 이상 화살이 날아오지 않았다.

유대웅의 정면에 일단의 무리가 모습을 드러냈다.

황하칠룡 중 한 명이자 추뢰와 가장 사이가 좋지 않아 견원지간(犬猿之間)이라 일컬어지는 독묘(毒猫)와 그의 수하들이었다.

"하하하! 추뢰가 꽁무니를 뺐다고 하더니만 그럴 만하군. 뭐 효과를 기대한 것은 아니지만 이렇게 쉽게 막힐 줄은 몰랐어."

황하칠룡, 아니, 황하련에서 성질이 가장 독하고 더럽기로 유명한 독묘는 의외로 지나가는 사람이라도 한 번은 뒤돌아볼 만큼 뛰어난 외모와 다부진 체격을 자랑했다. 특히 한쪽 입꼬리를 살짝 치켜올리며 짓는 미소는 남자라도 반할 정도로 매력적이었다. 물론 그 웃음 뒤에 감춰진 독심을 알 만한 사람은 다 알고 있었지만.

그때, 좌측 풀숲을 헤치며 유대웅과 독묘 사이를 가로막는 사람이 있었다. 우묘에서부터 은밀히 유대웅을 쫓아온 추뢰였다.

"어째서 네가 온 거냐?"

"아, 추뢰. 크게 당했다고 해서 뒈진 줄 알았는데 멀쩡하네."

"헛소리 하지 말고 얘기나 해. 어째서 네가 온 거냐고?"

"네놈 수하한테 들었다. 지원을 해달라며."

추뢰의 인상이 확 일그러졌다.

'병신 같은 놈들. 누가 이런 놈에게 지원을.'

추뢰의 마음을 읽었는지 독묘가 한쪽 입꼬리를 말아 올리며 웃었다.

"명을 따르기 위해 열심히 달린 수하를 욕하지 말라고. 약해빠진 상관을 둔 죄니까."

추뢰가 가장 싫어하는 것이 독묘의 미소. 거기에 조롱 섞인 말까지 듣게 되자 분노가 하늘을 찌를 듯했다.

하지만 이내 냉정을 되찾았다.

'내게 망신을 주기 위해 달려온 모양이다만 후회하게 될 거다.'

조금 전의 경험으로 추뢰는 유대웅의 실력을 어렴풋이나

마 느낄 수 있었다. 그는 자신이나 독묘 정도는 아무렇지도 않게 상대할 수 있는 진짜 고수였다.

"약해빠져? 그럼 네가 해보든가."

"호, 이렇게 순순히 양보하다니 수상한데."

추뢰의 성격을 익히 알고 있는 독묘의 얼굴에 기이한 빛이 떠올랐다.

"네가 만약 내 복수를 해준다면 네놈을 형님이라 부르마."

"더욱더 수상해."

독묘가 유대웅을 날카로운 눈빛으로 살폈다.

묘한 느낌이 들었다.

수많은 적을 앞에 두고도 너무도 여유로운 태도하며 전신에서 느껴지는 기감이 오감을 자극했다. 분명 위험한 상대였다.

'하나, 그런 조건이라면 거부할 수 없지. 게다가 나는 너처럼 무식하게 달려들지는 않거든. 혼자 싸울 생각도 없고.'

추뢰의 수하로부터 그가 어떻게 당했는지를 전해 들은 독묘는 결정을 내렸다.

"영악한 놈. 그렇지만 기꺼이 함정에 빠져 주지. 나는 네놈과는 달리 대인배니까. 약속이나 제대로 지켜라. 크흐흐흐."

"이 추뢰, 다른 건 몰라도 거짓말은 하지 않는다."

"어련할까."

키득거리며 고개를 끄덕인 독묘가 수하들에게 시선을 보냈다.

이십에 가까운 수하가 신호에 따라 유대웅과 운종을 에워쌌다.

당황한 추뢰에게 독묘가 말했다.

"혼자 싸운다고는 하지 않았다."

"비겁한 새끼."

"비겁? 웃기는 놈. 네놈이 판 함정에 그 정도 생각도 없이 달려들까. 잠자코 저 사사천교 놈들이 뒈지는 것이나 감상해."

독묘의 말에 오히려 유대웅이 당황했다.

'사사천교? 이런.'

유대웅은 상대방에게 어이없는 오해, 그것도 화산파의 원수나 다름없는 사사천교라는 오해를 받았다는 사실에 쓴웃음을 짓고 말았다.

그러거나 말거나 독묘와 수하들의 공격은 시작됐다.

독묘는 황하련의 이장로 독유(毒踰)의 손자로 그의 수하들은 황하련의 무인들이라기보다는 사실상 가솔들이나 마찬가지였다.

눈앞에서 그들의 주인인 독묘가 추뢰와 어떤 약속을 했는지 확인한 이상 유대웅을 상대하는 마음가짐 자체가 추뢰의 수하들과는 차원이 달랐다.

물끄러미 적을 바라보던 유대웅이 무슨 생각을 한 것인지 엉거주춤 서 있는 운종의 등을 슬쩍 떠밀었다.

"해봐."

"사, 사숙조님!"

설마하니 유대웅이 자신에게 죽음을 각오하고 달려들 기세의 적들을 홀로 맞아 싸우라고 할 줄은 몰랐던 운종이 당황하여 유대웅을 불러보았다.

돌아온 것은 무덤덤한 한마디.

"한번 경험한 일이잖아. 할 수 있다."

아마도 대홍채의 산적들과의 싸움을 말하는 것이리라.

'그때는 별 볼 일 없는 산적이었다고요!'

불평을 늘어놓을 여유도 없이 공격이 들이닥쳤다.

다행히(?) 유대웅에 대한 공격은 없었는데 우선적으로 약해 보이는 운종을 쓰러뜨린 이후에 유대웅을 공격할 생각인 듯했다.

운종이 검을 움직였다.

언제 당황을 하고 불평 어린 표정을 지었느냐 싶게 그의 검은 빠르고 날카로웠으며 움직임은 바람과 같았다.

사방에서 밀려드는 검을 완벽하게 막아내는 것은 물론이고 전광석화와 같은 역습으로 적의 숫자를 차근차근 줄여 나갔다.

지금 운종이 상대하는 적들은 과거에 만났던 산적들보다 확실히 강했다.

개개인의 실력은 물론이고 합공도 그런대로 뛰어났다.

그럼에도 운종은 산적들을 상대하는 것보다 더 여유로운 모습이었다.

운종의 모습을 보며 유대웅은 만족한 미소와 함께 고개를 끄덕였다.

운종은 운종대로 신이 났다.

유대웅과 훈련을 가장한 실전을 치르며 얼마나 많이 쓰러지고 구르며 자괴감에 빠졌던가.

그런 혹독한 훈련 과정을 통해 실력이 늘었음을 느끼고는 있었지만 정확히 어느 정도나 늘었는지 감을 잡기가 힘들었다.

유대웅은 언제 상대해도 태산처럼 흔들림이 없었고 사형제들의 실력 또한 늘었기 때문에 비교할 수가 없었다.

그런데 바로 지금, 단순한 비무가 아니라 목숨을 건 싸움에서 그간의 성과를 제대로 확인한 것이다.

감사를 담은 운종의 시선이 유대웅에게 향했다.

원래라면 당장 경을 칠 행동이었으나 격전 중에 한눈을 팔아도 될 만큼 실력이 향상이 되었다는 것을 확인했고 지금 운종이 느끼는 심정을 알기에 유대웅도 질책보다는 살짝 웃으며 고개를 끄덕여 주었다.

한데 정작 열을 낸 사람은 따로 있었다.

그렇잖아도 조롱 섞인 눈빛으로 힐끗힐끗 쳐다보는 추뢰 때문에 내심 부글부글 끓고 있던 독묘는 한가로이 수하들을 상대하는 것도 부족해 딴 곳으로 시선을 돌리는 운종의 여유로운 모습에 미칠 듯이 분노했다.

그렇지만 그는 그 분노를 풀 상대로 운종을 선택하지 않았다.

수하들의 합공도 부족해 자신까지 나서는 것 자체가 모양 빠지는 일인 데다가 추뢰를 철저하게 뭉갰다는 유대웅을 당당하게 상대함으로써 자신이 추뢰보다 낫다는 상대적 우위를 보일 생각이었다.

일단 생각은 그랬다.

독묘가 유대웅을 향해 살기를 드러내며 접근을 시작하자 추뢰의 눈이 빠르게 움직였다.

'박살을 내버려라. 부디! 넌 할 수 있다.'

추뢰는 자신도 모르게 불끈 주먹까지 쥐었다.

그의 뇌리엔 조금 전 자신이 처참하게 당한 것도, 유대웅이 적이라는 사실도 남아 있지 않았다. 그저 철천지원수보다 더 재수없는 독묘가 자근자근 짓밟혀 버렸으면 하는 염원뿐이었다.

추뢰의 간절한 바람을 알 리는 없었지만 유대웅은 자신에게 지독한 살기와 함께 암기를 뿌리는 상대를 가만히 두고 볼 정도로 담대한 사람은 아니었다.

유대웅은 무심한 눈빛으로 독묘를 바라보았다.

독묘의 왼손에는 주먹만 한 주머니가 들려 있었다.

유대웅을 향해 질주하던 독묘가 들고 있던 주머니를 던졌다.

유대웅이 어떤 반응을 보이기도 전, 주머니가 허공에서 터져 버렸다.

주머니에 들어 있던 내용물이 연기처럼 흩어졌는데 움직이던 방향이라 그런 것인지 아니면 독묘의 힘이 작용한 것인지 그것들 대부분이 유대웅을 향했다.

조그만 주머니에서 나온 것이라 보기엔 그것이 영향을 미치는 범위가 상당히 넓었다.

유대웅을 덮치듯 접근하는 흑무(黑霧)와 은밀한 파공성을 내며 접근하는 암기들.

"단혼사(斷魂沙)!"

추뢰가 침음을 내뱉었다.

추뢰는 과거 박룡대전에서 한 줌밖에 되지 않는 모래, 단혼사의 독성이 얼마나 지독한지 뼈저리게 느낀 적이 있었다.

몸을 파고든 단혼사로 인해 석 달 열흘을 고생해야 했고 죽음과 견줄 정도의 고통도 느꼈다.

독묘의 양팔과 한쪽 다리를 부러뜨리는 것으로 어느 정도 대가는 치러주었지만 지금 생각해도 당시 고통은 끔찍한 것이었다.

게다가 단혼사의 무서운 점은 단독으로 쓰이는 것이 아니라 여러 가지 암기와 함께 사용된다는 것에 있었다.

파스스슷!

날카로운 파공성과 함께 넓게 퍼지며 유대웅의 시야를 가린 단혼사를 뚫고 수많은 암기가 날아들었다.

아직 실력이 부족해 한꺼번에 날릴 수 있는 암기가 제한되어 있다 해도 시간차를 두지 않고 거의 동시에 날아가는 수십 개의 강침과 투골정, 그리고 마지막에 각 요혈을 노리며 던진 여섯 자루 비도의 우아한 궤적을 보며 독묘는 회심의 미소를 지었다.

상대를 죽이지는 못하더라도 최소한 큰 피해는 입힐 수 있다고 확신한 독묘는 결과를 보기도 전에 이미 슬그머니 몸을 빼고 있었다.

추뢰를 농락할 실력을 지녔다면 상당한 고수라는 것을 의미했고 상처 입은 맹수처럼 무서운 것도 없는 법. 괜시리 어물쩡거리다가 역공을 당해 어떤 꼴을 당할지 모른다는 판단이었다.

그의 판단은 정확했다. 다만 행동이 너무 늦었다. 그리고 무엇보다 상대가 최악이었다.

홀로 당가의 팔기대를 무너뜨리고 당가의 십대암기를 무력화시킨 사람이 다름 아닌 유대웅이었다.

단혼사를 이용한 독묘의 공격이 제아무리 위력적이라고 해도 팔기대가 펼쳤던 십방멸극진에 비하면 어린아이 장난 수준일 뿐이었고 손꼽히는 절독으로 알려진 단혼사의 독 또한 당가의 십대암기 서열 이 위에 올라 있는 화우폭의 자령옥침에 묻어 있는 독에 비한다면 큰 차이가 있었다.

게다가 유대웅의 전신을 보호하는 호신강기는 독묘 정도의 실력으로 넘보기엔 애당초 불가능했다.

"이, 이럴 수가!"

몸을 빼던 독묘는 유대웅의 몸에 접근하지도 못하고 허공에 멈춰져 있는 단혼사와 무수한 암기들을 보며 황당함을 금치 못했다.

한데 그건 아무것도 아니었다.

단혼사와 암기가 돌연 방향을 바꿔 자신을 향해 맹렬히 쇄도해 오는 것이 아닌가!

순식간에 거리를 좁혀온 단혼사와 암기들.

망연자실 피할 엄두를 내지 못한 독묘는 두 눈을 질끈 감고 말았다.

　죽음을 생각했던 독묘는 시간이 흘렀음에도 몸에 아무런 이상이 없자 감았던 눈을 슬그머니 떴다.

　눈앞에 독으로 인해 시꺼멓게 변색된 비도 여섯 자루가 둥둥 떠 있었다.

　유대웅을 공격했던 모든 암기가 몸에 박히기 일보직전이었다.

　극도의 긴장감과 두려움을 참지 못하고 떨어대는 독묘의 눈에 한숨을 내쉬고 있는 한 사내의 모습이 보였다.

　'가, 감찰… 단주?'

　감찰단주가 어째서 이곳에 와 있는 것인지 이해를 할 수는 없었지만 그로 인해 목숨을 건졌다는 것은 알 수 있었다.

　독묘를 위협했던 단혼사와 암기들이 힘없이 땅바닥으로 떨어졌다.

　독묘가 위험에서 완전히 벗어난 것을 확인한 백천이 한숨을 내쉬며 유대웅에게 인사를 했다.

　"오랜만입니다, 유……."

　백천이 유대웅을 뭐라 불러야 할지 난감해하자 유대웅이 엷은 웃음을 지으며 포권했다.

　"청풍입니다."

　"아, 예. 오랜만에 뵙습니다, 청풍 도장님."

백천이 황급히 예를 표했다.

"그간 잘 지내셨습니까?"

"늘 그렇지요."

"련주님께서도 평안하신지 모르겠습니다."

"염려해 주신 덕분에 잘 지내고 계십니다. 한데……."

백천의 사나운 눈초리가 독묘와 당황한 표정을 짓고 있는 추뢰에게 향했다.

"이놈들이 도장님께 큰 무례를 저지른 것 같습니다."

"괜찮습니다. 나름 즐거운 시간이었으니까요."

유대웅의 말에 추뢰와 독묘의 안색이 무참히 구겨졌다.

자신들은 죽음을 떠올릴 정도로 공포스러운 순간이었건만 상대에겐 그저 즐거운 시간에 불과했다는 것에 화가 치밀었다.

그들의 기색을 읽은 백천이 살기가 뚝뚝 묻어나는 음성으로 소리쳤다.

"표정 피지 못해! 뭘 잘했다고 우거지상이야!"

지금껏 차분하고 예의 바른 모습만 기억하던 유대웅은 추뢰와 독묘를 쥐 잡듯 하는 백천의 기세에 새삼스런 눈길로 바라보았다.

'하긴 황하련의 후계자니.'

유대웅은 자신이 백천의 존재를 너무 쉽게 생각한 것은 아닌지 살짝 반성을 했다.

사사천교의 사도(邪道)가 추뢰를 공격하여 큰 낭패를 당했다는 소식을 접하고 달려온 백천은 그들이 다른 사람도 아니고 유대웅에게 큰 실수를 했다는 것에 너무 짜증이 났다.

"대체 어디를 봐서 이분들이 사사천교의 사도란 말이냐? 조금만 제대로 살폈어도 도복과 검에 그려진 화산파의 상징을 발견했을 터."

백천의 추상같은 질책에 추뢰는 감히 고개를 들지 못했다.

운종을 처음 만났을 때 그가 웃통을 벗고 있었다는 것을 이유로 들어 변명을 하고 싶었지만 그래 봤자 더욱 큰 비웃음과 노여움을 살 것 같아 입을 다물었다.

"네놈도 마찬가지다. 두 눈은 그저 달고 다니는 장식품이냐? 이놈이야 워낙 성격이 급하고 덜렁거리는 놈이라 쳐도 네놈까지 이리 멍청할 줄은 생각도 못했다."

"죄, 죄송합니다."

상대가 누구든 그저 추뢰에게 망신을 줄 생각만 하고 있다가 오히려 목숨을 잃을 뻔한 독묘는 입이 열 개라도 할 말이 없었다.

"당장 두 분께 정중히 사과를 하여라. 청풍 도장께서 아량을 베푸시지 않았다면 지금껏 숨도 붙이지 못하고 있을 것이다."

백천의 호통에 어정쩡한 걸음으로 다가온 추뢰와 독묘는 유대웅을 향해 깊숙이 허리를 숙였다.

"저희가 너무 성급했습니다. 용서해 주십시오."

유대웅은 죽을상을 하고 있는 그들의 표정에 애써 웃음을 참으며 마주 인사를 했다.

"지난 일이오. 마음 쓰지 마시오."

"가, 감사합니다."

유대웅이 별다른 말 없이 사과를 받아들이자 추뢰와 독묘의 안색이 살짝 펴졌다.

"청풍 도장께선 네놈들을 용서하셨지만 나는 아니다. 추뢰, 독묘!

"예. 감찰단주님."

"련에 돌아가는 즉시 오늘의 실수에 대해 징죄를 할 터이니 각오를 해두거라."

"알겠습니다."

징죄라는 말에 추뢰와 독묘가 힘없이 고개를 떨구었다.

"하하하, 그럴 필요까지는……."

웃음을 지으며 백천을 말리려던 유대웅의 표정이 살짝 변했다.

천천히 돌아가는 고개.

유대웅의 시선이 추뢰에게 고정되었다.

"이름이 무엇이라고 하였소?"

생각해 보니 조금 전에도 그 이름을 언뜻 흘려들었던 것 같았다.

"예?"

추뢰가 흐리멍덩한 눈빛으로 되묻자 당장 백천의 호통이 터져 나왔다.

"청풍 도장께서 이름을 묻지 않느냐?"

"추, 추뢰라고 합니다."

"혹 방각 대장로의 제자요?"

"그렇습니다."

"돌아가신 부친의 성함이 나룡(羅龍). 맞소?"

순간, 추뢰의 안색이 확 변했다.

"그, 그걸 당신이 어떻게?"

"맞군. 운종."

"예. 사숙조님."

"이자를 공격해라."

유대웅이 무슨 목적으로 황하련에 가는 것인지 알고 있던 운종은 머뭇거리지 않았다.

우묘에서 몸을 씻다 거의 무방비 상태로 당한 망신도 조금은 앙금이 되어 남아 있는지라 당장 검을 들고 추뢰를 공격하기 시작했다.

당황해하는 백천을 향해 유대웅의 전음이 날아들었다.

[해하려는 것은 아닙니다. 확인할 것이 있으니 잠시 기다려 주십시오.]

'도대체 뭐를 확인한단 말인가?'

백천은 갑작스런 공격에 힘들어하는 추뢰를 보며 고개를 갸웃거렸다.

의구심이 들었지만 시간이 지나면 자연히 알게 될 터. 굳이 캐묻지 않았다.

유대웅에겐 간단히 제압을 당했다고는 해도 추뢰는 황하 칠룡이라는 이름답게 상당히 뛰어난 무공을 지니고 있었다.

매화검수 중 손꼽히는 고수로 거듭난 운종의 공격에도 제법 잘 버텨냈고 때때로 역공을 펼치며 운종을 곤란케 하기도 했다. 그러다 보니 유대웅이 원하는 결과가 나오지 않았다.

"운종. 죽여도 좋다. 최선을 다해라."

유대웅의 일성에 운종의 검이 매섭게 변했다.

운종이 전력을 다해 매화십이검의 절초를 사용하기 시작하자 불리한 상황에서도 어느 정도는 유지되던 싸움이 급격하게 기울기 시작했다.

번뜩이는 검날에 추뢰의 몸 곳곳에 상처가 생겨나고 선혈이 흐르기 시작했다.

금방이라도 목이 떨어질 것 같은 위태로운 상황에 추뢰는 물론이고 지켜보는 백천까지 어쩔 줄을 몰라했다.

'아, 안 되겠다. 이러다 정말 명줄이 끊기겠어.'

절체절명의 위기라 생각한 추뢰는 방각을 사부로 삼은 뒤 지금껏 봉인해 오던 가전무공을 떠올렸다.

그러나 망설였다.

사부에게 배운 검법보다 더욱 뛰어난 검법을 지니고 있다는 것이 다른 사람들의 눈에 어떻게 비춰질지 걱정이 되었다.

'젠장. 그렇다고 이대로 뒈질 수는 없잖아.'

머뭇거릴 여유가 없었다.

운종의 기세는 좀처럼 멈춰질 줄 몰랐고 버틸 여력이 없었다.

꽝!

거친 충돌음과 함께 운종의 몸이 살짝 밀려났다.

혼신의 힘을 다한 구명절초로 겨우 운종을 밀어내는 데 성공한 추뢰가 재빨리 검을 고쳐 잡았다.

그의 몸에서 뿜어 나오는 기세 또한 순식간에 변했다.

전신을 얼려 버릴 듯한 싸늘한 기운.

추뢰의 검이 움직였다.

다소 패도적이었던 조금 전의 검세와는 달리 한없이 유연하고 부드러우면서도 날카로운 변화를 지닌 검세는 운종에게도 충분한 위협이 되었다.

"뭐, 뭐야!'

갑작스레 변한 추뢰의 모습에 독묘의 입이 쩍 벌어졌다.

놀라기는 초조하게 싸움을 지켜보던 백천 또한 마찬가지였다.

"이, 이게 어찌 된 일입니까?'

유대웅은 대답 대신 천천히 앞으로 걸어 나갔다.

검광이 난무하고 아차하면 목숨이 떨어질 정도로 치열하게 싸움을 하고 있는 두 사람 사이를 거리낌없이 쳐들어간 유대웅이 왼손으론 운종의 공격을 물리고 오른손으론 추뢰의 완맥을 낚아챘다.

그리곤 우묘에서 똑같은 방법으로 치욕을 당했다는 것을 기억을 떠올린 추뢰가 발버둥을 치려는 찰나 유대웅의 입에서 감격 어린 음성이 흘러나왔다.

"드디어 찾았구나. 설풍의 주인을.'

*   *   *

"소란이 조금 있었다고?'

"다소 오해가 있었습니다. 별일 아니니 신경 쓰지 마십시오.'

유대웅이 개의치 않는다는 표정으로 말했지만 백규는 표

정을 풀지 않았다.

"추뢰와 독묘가 맹주님을 사사천교의 사도로 오인하여 충돌이 있었습니다. 맹주께서 화산파의 도복을 입고 계신 것을 보고 착각을 한 듯싶습니다."

백천의 설명에 백규가 언성을 높였다.

"멍청한 놈들. 그렇게 사람 보는 눈이 없어서야. 명색이 황하칠룡이라는 놈들이."

그들의 실수는 곧 황하련의 실수. 백규는 유대웅에게 큰 실수를 한 것이 영 못마땅한 듯했다.

"너무 그러지 마십시오. 얘기를 들어보니 충분히 오해할 수도 있는 상황이었습니다. 한데 이곳에서도 사사천교의 무리들이 자주 출몰하는 모양입니다."

"심심찮게 모습을 보이긴 하네. 워낙 은밀하게 움직이는 놈들이라 꽤나 골치가 아파. 감언이설에 속아서 혹한 놈들도 생겨나고. 이러다가 정무맹과 손을 잡고 놈들을 쓸어버려야 할지도 모르겠어."

황하련의 수하들에게도 조금씩 파고드는 사사천교의 영향력이 꽤나 골치가 아픈지 백규의 인상이 저절로 찌푸려졌다.

"그건 그렇고 장강을 일통한 것을 다시 늦게나마 축하하네. 직접 가서 축하를 하고 싶었지만 이 자리가 아무래도 엉덩이를 무겁게 만들어서 말이야."

"무슨 말씀을요. 일전에 보내주신 선물은 잘 받았습니다."

"약소한 선물이나마 잘 받았다니 나야 고맙지. 자, 들게."

백규가 술잔을 들었다.

유대웅과 백규는 주거니 받거니 하며 한참이나 술을 들이켰다.

백천 또한 유대웅이 권할 때마다 간간히 술잔을 들었다.

"아참, 내 정신 좀 보게. 그걸 물어보는 것을 잊었군. 추뢰의 얘기는 또 뭔가?"

유대웅이 백천을 바라보았다.

"맹주께서 설명하시는 것이 옳다고 생각하여 자세히는 말씀드리지 않았습니다."

백천의 말에 유대웅이 고개를 끄덕였다.

"그랬군요. 사실 제가 이곳에 들른 이유는 정무맹으로 가는 길에 련주님께 인사를 드리기 위함이었습니다만 한 사람을 찾고자 함도 있었습니다."

"추뢰를 말하는 것인가?"

"예."

"녀석이 빙검의 제자라니 참으로 믿기 힘든 일이었네. 대체 어찌 된 사연인가?"

"빙검 어르신과 인연이 조금 있습니다."

"그가 무림에서 사라진 지 꽤 오래된 것으로 아는데 살아 있었던가?"

"돌아가셨습니다. 몇 년 되었지요."

"저런. 그만한 실력자를 보기도 힘든데 말이야. 직접적인 인연은 없었지만 꼭 한 번 만나보고 싶었던 인물이었는데 아쉽군."

백규는 한때는 하북을 휩쓸고 다녔던 빙검의 명성을 떠올리며 술잔을 들었다.

"한데 자넨 어떻게 빙검을 만난 것인가? 그가 모습을 감춘 지도 꽤 오랜 시간이 흘렀는데."

"운이 좋았지요."

유대웅이 씁쓸히 웃으며 술잔을 빙글빙글 돌렸다.

"제가 빙검 어르신을 처음 만난 것은……."

유대웅은 화산에서 빙검을 만나고 그에게 도움을 받은 일에 대해 찬찬히 설명했다.

진지하게 설명을 듣던 백규와 백천은 빙검이 자신이 평생 갈고닦은 진기를 유대웅에게 전해주고 사라졌다는 말에 기나긴 탄식을 내뱉었다.

"빙검이 그렇게 사라져 갔군. 자네 같은 후인을 만들어내면서 말이야."

"예. 하지만 저는 지난 화산으로 돌아오기 전까지 지난날을, 후인을 살펴달라는 빙검 어르신의 부탁을 까맣게 잊고 있었습니다."

유대웅이 자책하며 술을 들이켜자 백규가 고개를 저었다.

"빙검의 뜻은 그게 아닌 것 같네. 진정 그것을 원했으면 그렇게 아무것도 남기지 않고 사라질 수는 없을 터. 아마도 자네가 그의 진기를 받아들이지 않고 망설이자 결심을 쉽게 하기 위해 던진 말인 것 같군."

"설사 그렇다 하더라도 지금껏 잊고 있었다는 사실은 변하지 않는 것이지요."

"이렇게라도 찾아왔으면 된 것이지. 추뢰는 지금 어디에 있느냐?"

"대장로님의 처소로 향했습니다."

백천이 대답했다.

"당장 데리고 오너라. 대장로도 함께."

"알겠습니다."

명을 받은 백천이 문을 열고 나가려는 순간, 누군가가 그를 홱 밀치며 들어섰다.

"오라버니!"

백하영이었다.

유대웅에게 안길 듯 달려드는 백하영의 뒤로 백규의 두 아들 백서진(白敍眞)과 백곤(白崑)이 걸어왔다.

백천과 눈인사를 주고받는 그들의 행색은 어찌 된 일인지 상당히 남루했다.

"수련에 전념하고 있어야 할 네놈들이 어쩐 일이냐?"

백하영을 보고 반색을 했던 백규가 눈을 부라리며 물었다.

백서진이 공손히 대답했다.

"장강수로맹의 맹주가 방문했다는 소식을 듣고 인사나 할까 하고 들렸습니다."

"그걸 어찌… 이놈이!"

백규의 엄한 시선이 백천을 찾았으나 그는 이미 추뢰를 데리러 줄행랑을 친 상태였다.

"할아버지는 어째서 오라버니가 왔는데도 알려주지 않은 거야?"

어색한 표정을 짓고 있는 유대웅과는 달리 환한 웃음을 지어 보이며 인사를 하던 백하영이 고개를 홱 돌리며 물었다.

"고녀석 참. 그렇잖아도 부르려고 했다. 중요한 일이 있어 잠시 미뤘을 뿐이야. 한데 너는 어찌 알았느냐?"

백하영이 뒤로 손짓을 했다.

"폐관수련 한다던 숙부들이 갑자기 나타나니까 이상하잖아. 그 이유를 묻다가 알았지."

"하여간 눈치는."

백하영의 머리에 알밤을 가볍게 준 백규가 유대웅에게 두 아들을 소개했다.

"아들 녀석들이네. 나름 폐관수련을 한다고 설치기는 하는데 수시로 들락거리니 폐관인지 아닌지는 영."

"유대웅입니다."

유대웅이 정중히 인사하자 백서진 또한 예를 차렸다.

"백서진이라고 하오. 황룡제에 참석했다는 말은 들었지만 방금 들었다시피 우리가 폐관수련 중이라 만나지 못했구려."

백서진과는 달리 백곤은 상당히 고까운 눈으로 유대웅을 바라보고 있었다.

"백곤이다. 그대가 장강수로맹의 맹주인가?"

순간, 유대웅의 눈썹이 꿈틀댔다.

그것을 놓치지 않은, 아니, 유대웅의 반응이 아니더라도 백곤의 무례를 참을 백규가 아니었다.

"무례하다. 귀한 손님에게 그 무슨 말버릇이냐?"

"그냥 인사를 했을 뿐입니다. 내가 무례한 것인가?"

백곤이 유대웅을 향해 되물었다.

"아닙니다. 괜찮습니다."

유대웅이 고개를 가로젓자 백곤이 태연스레 말했다.

"본인이 괜찮다고 하지 않습니까?"

"어허!"

백규가 매섭게 눈을 부라릴 때 백서진이 유대웅에게 사과했다.

"용서하시오. 일전에 맹주가 아버님과의 비무에서 대등한 싸움을 했다는 말을 전해 듣고는 자존심이 상해서 그런 것이라오. 아우에게 있어 아버님은 천하제일이나 다름없었으니까. 결코 악의는 없다오."

"걱정하지 마십시오."

유대웅이 빙그레 웃으며 대답했다.

"그런 의미에서 한 잔 받으시구려."

유대웅은 백서진이 따라주는 술을 기분 좋게 마셨다.

"내 잔도 한 잔 받지."

백곤은 술이 가득 담긴 술잔을 유대웅에게 던졌다.

제법 빠른 속도로 날아감에도 술잔에선 한 방울의 술도 떨어지지 않았다.

유대웅은 백곤이 자신을 시험하고 있다는 것에 기분이 좋지는 않았지만 백규의 체면을 생각해 굳이 내색하지 않고 천천히 손을 뻗었다.

'어리석은 놈.'

백곤은 아무런 방비 없이 손을 뻗는 유대웅을 보며 코웃음을 쳤다. 술잔에 실어 보낸 내력이라면 유대웅에게 단단히 망신을 줄 수 있으리라 여겼다.

착각이었다.

백곤이 원하고 기대했던 그 어떤 일도 일어나지 않았다.

"감사합니다."

태연스레 술잔을 잡은 유대웅이 단숨에 잔을 비웠다. 그리곤 가만히 고개를 돌려 백규를 바라보았다.

한숨을 내쉰 백규가 고개를 끄덕였다.

백규의 허락을 받은 유대웅이 가볍게 탁자를 치자 술잔과 술병이 허공으로 뛰어올랐다.

간단한 손짓에 술병에 든 술이 잔을 가득 채웠다.

"제 잔도 받으시지요."

술잔이 백곤을 향해 느릿느릿 움직이기 시작했다.

술잔에 분명 수작질을 했을 것이란 예상에 백곤은 잔뜩 긴장된 얼굴로 내력을 끌어모았다.

약 일 장 정도의 거리를 부드럽게 유영한 술잔이 백곤 앞에 도착했다.

백곤은 신중하게 잔을 받았다.

의외로 별다른 힘이 실리지 않은 것 같았다.

'뭐야? 아무렇지…….'

안심을 하던 백곤의 안색이 확 변했다.

술잔을 든 손에서 시작된 압력이 전신을 압박하는 것이 아닌가.

우당탕!

백곤이 앉아 있던 의자가 뒤로 넘어갔다.

꽝! 꽝! 꽝!

백곤이 뒷걸음질 칠 때마다 깊은 족적이 바닥에 남겨졌다.

잔을 뿌리치고 싶어도 그럴 수가 없었던 백곤의 얼굴이 빨갛게 달아오르고 관자놀이엔 굵은 핏대가 섰다.

"으으으."

백곤의 입에서 난감한 신음이 흘러나왔다.

백규는 한심하다는 표정으로 바라보고 있었고 백서진은 감히 끼어들 생각을 못하고 안절부절이었다.

바로 그때였다.

"오라버니. 막내 숙부 왜 저런데요?"

백하영이 미간을 잔뜩 찌푸리며 물었다.

그녀의 음성이 백곤을 살렸다.

"글쎄. 나도 잘 모르겠는데."

유대웅이 피식 웃으며 대답했다.

백곤은 술잔에서 느껴지던 압력이 일순간에 사라지는 것을 느끼며 안도의 한숨을 내쉬었다.

짧은 시간 동안 어찌나 집중을 했는지 술잔을 잡은 손이 덜덜 떨렸다. 등에선 식은땀이 줄줄 흘렀다.

"한심한 꼴 보이지 말고 와서 앉아."

백규의 호통에 겨우 정신을 차린 백곤이 경악 어린 눈길로 유대웅을 바라보며 엉거주춤 자리에 앉았다.

"성질을 부려도 상대를 봐가며 부려야지 이게 뭔 망신이
냐?"

"죄, 죄송합니다."

"엉뚱한 사람에게 사과하지 말고!"

백규의 노한 음성에 백곤의 시선이 유대웅에게 향했다.

"미, 미안하게 되었소. 용서하시오."

나름 정중한 어투였다.

유대웅의 실력을 제대로 경험한 백곤은 비로소 예의를 차
리기 시작했다.

"평생 맹주 같은 실력자는……."

백곤의 말은 더 이상 이어지지 못했다. 백하영이 둘 사이에
끼어들었기 때문이었다.

"그런데 이곳에 어쩐 일이에요, 오라버니?"

"정무맹에 가는 길에……."

"장강을 일통했다는 말은 들었어요. 와! 정말 대단해요."

"고, 고마워."

"그런데 옷이 조금 이상해요. 이건 도사들이 입는 도복이
잖아요? 오라버니가 왜 도복을 입어요?"

"그, 그건……."

"뭐, 상관없어요. 무슨 사정이 있겠지요. 그리고 보니 가면
도 벗었네요."

한번 시작된 백하영의 질문은 끝이 없었다.

유대웅이 대답을 하기도 전 또 다른 질문이 이어지고 그 질문 역시 대답을 기다리지 않았다.

유대웅이 백규와 백서진 등에게 말려달라는 눈빛을 몇 번이나 보냈지만 은연중 유대웅과 백하영이 잘됐으면 하는 마음을 품고 있던 백규는 애써 외면했고 나아가 백서진과 백곤의 입까지 틀어막았다.

백규와 두 아들의 외면 속에 백하영의 질문공세에 시달리기를 무려 일각, 유대웅을 구해준 것은 다름 아닌 백천이었다.

"대장로께서 도착하셨습니다."

비로소 백하영의 질문이 끝났다.

"어서 와요, 방 할아버지."

백하영이 방각을 향해 밝게 웃었다.

"하영이도 있었구나."

백하영의 머리를 가볍게 쓰다듬어 준 방각이 백규를 향해 가볍게 예를 표했다.

"어서 오게. 네 녀석도 어서 오너라."

"련주님을 뵙습니다."

추뢰가 무릎을 꿇으며 인사를 올렸다.

백규가 막 자리에 앉은 방각을 향해 입을 열었다.

"녀석에게 이야기는 대충 들었지?"

"예."

"나 원. 저 녀석이 빙검의 후예라니. 대장로는 알고 있었나?"

"오늘 처음 들었습니다. 녀석 또한 오늘에야 비로소 그 사실을 알았다고 하더군요."

방각의 말에 백규는 물론이고 백천으로부터 빠르게 사정을 전해 들은 백서진과 백곤 또한 깜짝 놀라는 표정이었다.

"정말이냐?"

백규가 자리를 찾지 못하고 엉거주춤 서 있는 추뢰에게 물었다.

"예. 련주님."

백규가 유대웅에게 고개를 돌렸다.

"빙검의 무공을 익히고 있었다고 하지 않았나?"

"많이 부족하지만 익히고 있는 것은 맞습니다. 당사자는 그것이 빙검 어르신의 무공인 줄은 모르고 있었지만요."

"흠, 그랬군."

"이 녀석이 다른 무공을 익히고 있다는 것은 저도 알고 있었습니다."

방각의 말에 추뢰가 깜짝 놀라 되물었다.

"아, 아셨어요?"

"이놈! 이 사부를 너무 물로 보는구나. 사부가 되어서 제자놈이 딴짓하는 것도 모를까?"

"그럼 왜 지금껏 모른 체하신 겁니까?"

"사정이 있다고 생각했지. 누구나 말 못할 사정 하나쯤은 가지고 있는 법이니까."

추뢰의 행동은 어찌 보면 사부를 기망했다고 여길 수도 있는 것이었다.

이를 알면서도 전혀 문제 삼지 않은 방각의 도량에 모두의 얼굴에 감탄의 빛이 흘렀다.

"한데 어째서 네 성이 빙검과 다른 것이냐? 아니, 그보다는 어째서 너는 네 조부에 대해서 전혀 모르고 있었던 것이냐?"

백규가 물었다.

대답은 추뢰가 아니라 유대웅이 대신했다.

"빙검 어르신께선 적이 많았습니다. 그 때문에 가족들이 숱한 고생을 하였지요. 무엇보다 가정을 등한시하고 떠난 부친에 대한 미움이 꽤나 컸던 것으로 압니다."

"쯧쯧, 뿌리를 부정할 수는 없는 것이건만. 뭐, 그래도 부친의 무공을 가르칠 생각을 한 것을 보면 마냥 미워만 한 것 같지는 않군."

"미움보다는 그리움이 더 컸다는 말이 맞을 것 같습니다. 아무튼 열 살 전후, 당시 횡행하던 돌림병으로 부친을 잃고

헤매는 그를 한 사내가 양자로 들입니다. 그의 이름은 추융. 황하련에 속한 인물이었는데 그 또한 몇 해 전에 목숨을 잃은 것으로 압니다. 참고로 추융의 양자로 들어가면서 그의 성이 바뀌었습니다."

유대웅의 입에서 자신의 신상이 줄줄 흘러나오자 추뢰는 입을 쩍 벌린 체 놀란 기색을 감추지 못했다.

"맞느냐?"

백규가 물었다.

"예? 예."

추뢰는 여전히 놀라움이 가시지 않는 표정으로 고개를 끄덕였다.

"한데 열 살 때 부친을 잃었다면 제대로 배웠을 리가 없었을 텐데."

"당시엔 기초만 닦았습니다. 제대로 익히기 시작한 것은 사부님의 제자가 된 후, 아버지께서 남기신 유품에서 무공비급을 발견한 뒤였습니다."

추뢰가 방각의 눈치를 살피며 말을 이었다.

"아, 그리고 저도 할아버지가 계시다는 것은 알고 있었습니다. 다만 그분이 정확히 어떤 분인지를 몰랐을 뿐이지요."

"혼자 익힌다는 것이 쉽지 않았을 텐데 생각보다는 제대로 익혔더군. 하지만 빙검 어르신의 수준에 비한다면 그야말로

새 발의 피에 불과할 뿐. 부친께서 남기셨다는 무공비급 또한 어르신의 정수를 담지는 못한 것 같소. 아마도 빙검 어르신이 아니라 부친께서 만드신 것일 터. 아니오?"

"그, 그렇게 말씀하신 것 같습니다."

추뢰가 고개를 끄덕이자 유대웅이 말을 이었다.

"솔직히 나는 빙검 어르신께서 남기신 무공의 정확한 명칭은 모르오. 다만 수많은 비무를 통해 그 무공이 어떤 위력을 지녔는지는 너무도 잘 알고 있소. 제대로만 익힌다면 능히 천하를 오시할 수 있을 정도로 뛰어난 무공이었소."

추뢰는 자신도 모르게 가슴이 뛰는 것을 느꼈다.

벌떡 몸을 일으킨 유대웅이 방각을 향해 정중히 말했다.

"무례한 말씀이지만 대장로님께 부탁이 있습니다."

"무엇이오?"

"저 친구를 제게 맡겨주십시오."

정확한 의미를 묻는 방각의 눈빛에 유대웅은 그와 백규를 바라보며 입을 열었다.

"저는 빙검 어르신께 큰 은혜를 입었습니다. 그리고 그 은혜에 보답하는 길도 찾았고요. 그분의 무공을 완성시킬 수 있다고는 장담하지 못하겠습니다. 다만 한 가지 확실히 말씀드릴 수 있는 것은 제가 빙검 어르신의 무공을 누구보다 잘 알고 있고 그를 지금보다 훨씬 더 강하게 만들 수 있다는 겁니다."

"고마운 말씀이기는 하지만 화산파에서 이를 용납할 수 있겠소? 사제 관계는 아니라지만 그래도 화산파 입장에서 보면 우리는 수적 떼에 불과할 터인데."

방각의 말에 백규가 껄껄 웃으며 말했다.

"화산파? 그 문제라면 신경 쓸 것 없네. 저 친구에게 출신 따위는 문제가 되지 않아."

"예?"

"기억을 해보게. 저 커다란 덩치를 보면 누군가 떠오르는 사람이 있지 않나?"

물론 떠오르는 사람이 있기는 했다. 백규와 맞서 놀라울 정도로 뛰어난 무공을 보여준 사람이.

그러나 단지 덩치가 비슷하다고 하여 둘을 연관 지을 수는 없었다. 풍기는 분위기는 어딘지 모르게 비슷은 하였으나 애당초 말이 되지 않는 가정이었다.

"쯧쯧, 눈치하고는. 이래도 모르겠나?"

백규가 혀를 차며 얼굴 위를 손바닥으로 가리는 시늉을 했다.

처음엔 그 뜻을 몰라 멈칫하던 방각도 이내 의미를 깨닫고 경악에 찬 눈으로 유대웅과 백규를 번갈아 바라보았다.

"이제야 눈치챘군."

"저, 정말입니까? 저 친구가 서, 설마 장강수로맹의 매, 맹주?"

"사실이네."

"허!"

놀라움이 지나쳐 어이없는 웃음을 터뜨리고 말았다.

"한 가지 더. 사부가 바로 그 유명한 화산검선일세."

더 이상 커질 수 없으리라 여겼던 방각의 눈이 화등잔만 해졌다.

유대웅이 장강수로맹의 맹주라는 것은 알고 있었지만 설마하니 전대 천하제일인이었던 화산검선의 제자라는 것을 상상도 하지 못했던 백서진과 백곤 또한 입을 쩍 벌리고 놀라다가 제대로 설명을 해주지 않는 백천에게 눈을 부라렸다.

'내가 미쳤지. 상대가 누군지도 모르고.'

추뢰는 유대웅을 상대로 호기롭게 덤볐던 자신의 모습이 부끄러워 고개를 들지 못했다.

"제자로 삼겠다는 것도 아니고 수하로 부리겠다는 것도 아닙니다. 그저 빙검 어르신께 입은 은혜를 갚기 위해 잠시 제 곁에 두겠다는 것이지요. 그분의 후예가 저런 흐리멍덩한 얼굴로 다니게 할 수는 없으니까요."

유대웅이 맥 빠진 얼굴로 서있는 추뢰를 가리키며 말했다.

"커흠. 험."

방각은 어째 자신의 욕을 하는 것 같아 어색한 헛기침을 내뱉었다.

"큰 문제는 없을 것 같은데. 대장로의 생각은 어떤가?"

백규가 물었다.

"나쁠 것은 없다고 봅니다만 아무래도 본인의 생각이 가장 중요하지 않겠습니까? 너는 어찌 생각하느냐?"

추뢰가 대답을 하기도 전, 유대웅이 먼저 대답했다.

"그의 마음은 상관없습니다. 빙검 어르신께서 제게 부탁을 하신 이상 두 분께서 허락만 해주시면 됩니다."

"허, 우리가 허락만 하면 녀석의 의견 따위는 무시할 생각인가 보군."

"다리를 분질러서라도 데리고 갈 생각입니다."

담담히 내뱉은 유대웅의 말에 막 입을 놀리려던 추뢰가 양손으로 입을 틀어막았다.

"노부가 반대를 하면?"

"다른 방법을 찾아야겠지요. 누가 뭐라 해도 저 친구의 사부님은 대장로님이십니다."

자신을 존중해 주는 유대웅의 말에 기분이 좋아진 방각이 추뢰를 바라보며 말했다.

"그를 따라가거라. 가서 제대로 배우고 와."

"사, 사부님!"

"솔직히 이 사부는 제자를 가리키는 재주는 없는 것 같다. 근자에 네 실력이 정체되어 있는 것도 아마 그 때문일 것이고. 그를 따라가면 아마도 막힌 벽을 뚫을 수 있을 게다. 가문의 무공도 제대로 익혀야 하지 않겠느냐?"

"……."

"감격할 것 없다. 이 사부가 비록 수적 출신이기는 하지만 그렇게 꽉 막히지는 않았다. 누구의 무공이면 어떠냐? 네게 도움이 된다면 그것으로 충분하다. 저 친구가 말했듯 네 녀석이 이 사부의 제자라는 것은 변치 않는 사실이니까."

방각이 감격에 겨워 무릎을 꿇는 추뢰의 등을 두드리며 유대웅을 바라보았다.

"잘 부탁하오."

"맡겨주십시오. 제대로 훈련시켜서 돌려보내겠습니다."

슬쩍 돌아보며 말하는 유대웅의 모습에 추뢰는 자신도 모르게 온몸을 부르르 떨었다.

유대웅이 말하는 훈련이라는 것이 무엇인지 너무도 잘 알고 있는 운종의 입가엔 도가 제자의 것이라고는 믿기지 않을 정도로 사악한 미소가 떠올라 있었다.

第七章
정무맹(正武盟)

대리(大理)의 창산(蒼山)에서만 나온다는 최고급 대리석의 탁자에 산해진미가 산더미 같이 쌓여 있었다.

　어느 하나 귀하지 않은 음식이 없었고 술 또한 극상품의 미주였으나 자리에 모인 이들 누구 하나도 음식에 손을 대는 사람이 없었다.

　황금과 온갖 보석, 흑표가죽으로 치장된 중앙의 거대한 의자를 중심으로 모인 이들은 정확히 열 명이었다.

　천무장의 핵심수뇌들로 원로원의 한백(韓伯), 장로전의 수장 대장로 양조굉(梁朝宏), 호법전의 태상호법 언극(彦極), 식객청의 대표인 철검서생 사도연과 취운각주 모진, 마지막으로 칠주의 수장 다섯이었다.

원래 칠주의 수장이라 하면 모두 일곱이어야 했으나 어찌 된 일인지 와호맹과의 충돌로 인해 몰락하다시피 한 낙성검문은 물론이고 구룡상회의 회주까지 참석하지 않았다.

그들을 제외한 칠주의 수장들의 면면을 보면 다음과 같았다.

업양(陽)에 터를 잡고 무섭게 성장하고 있는 용천방(龍川幇)의 방주 악기(岳奇).

산동악가를 순식간에 초토화해 버린 뒤 이후에도 여전히 날개를 움츠리고 있는 하후세가의 가주 하후천.

삼대살문으로 꼽히는 은환살문의 젊은 문주 풍도(風刀).

제대로 규합만 되면 그 힘이 얼마나 클지 상상도 되지 않는 낭인(浪人)들의 하늘 흑랑회(黑狼會)를 한 손에 틀어쥐고 있는 좌청패(左靑覇).

마지막으로 군부에서 사용하는 거의 모든 화기를 개발하고 제작한다는 소문이 있는 뇌화문(雷火門)의 허량(許量)까지.

이름만 대면 누구나 알 만한 이들이 바로 비상의 날만을 기다리며 자신들의 진실된 정체와 힘을 완벽하게 숨기고 인내하는 칠주의 수뇌들이었다.

"시간이 많이 흘렀는데 동 회주는 어째서 모습을 보이지 않는 것인가? 아직 도착을 하지 않은 것인가?"

한백이 차를 홀짝이며 물었다.

"우리들 중 가장 바쁜 사람이기는 합니다만 시간을 어길 사람이 아닌데 이상하군요."

악기가 고개를 갸웃거리다 말석에 앉아 있는 모진에게 물었다.

"동 회주가 도착했다는 소식은 없느냐?"

"예. 아직 별다른 전갈이 없었습니다."

모진의 대답에 악기가 미간을 찌푸렸다.

"곧 장주께서 오실 터인데. 이런 무례를."

"뭔가 사정이 있겠지. 시간을 돈처럼 생각하는 친구이니."

허량이 반백의 머리를 쓸어 넘기며 말했다.

"그나저나 장주님도 늦으시는군."

대장로 양조굉이 문 쪽을 바라보며 말했다.

그 말이 끝나기가 무섭게 문이 활짝 열리며 한호와 소숙이 모습을 드러냈다.

"이렇게 도착했소, 대장로. 하니 너무 나무라지 마시구려."

한호의 말에 천천히 몸을 일으킨 양조굉이 웃으며 대답했다.

"설마 그럴 리가 있겠습니까? 어서 오십시오, 장주님. 한동안 뵙지를 못했습니다. 잠시 외유를 다녀오셨다고 들었습니다만."

"그렇게 되었소."

짧게 대답한 한호가 한백을 향해 예를 차렸다.

"편안하셨습니까, 숙부님?"

"나야 늘 똑같지. 그래, 볼일은 잘 마치고 온 것인가?"

"예. 생각보다 좋게 마무리가 되었습니다."

"다행일세."

고개를 끄덕인 한백이 뒤따르는 친우(親友) 소숙에게 고개를 돌렸다.

"혈기왕성한 장주를 따라다니느라 자네가 늘 고생이야."

소숙이 너털웃음을 지어 보이며 고개를 흔들었다.

"이골이 나다 보니 괜찮아. 몸이 조금 안 좋다는 얘기를 들었는데 괜찮은가?"

"기침 꽤나 했지. 후~ 나이가 들어서 그런가 몸이 예전 같지가 않아."

"쯧쯧, 그러게, 평소에 건강을 챙겼어야지. 우리 같은 늙은이들의 몸은 우리가 알아서 챙겨야지 누가 챙겨주지 않아. 겉으로야 위하는 척하지만, 흥, 말만 번지르르한 것이지."

소숙의 눈이 자신에게 향했지만 한호는 모른 척 자리에 앉았다. 그 모습을 지켜보던 한백의 눈가에 웃음이 깃들었다.

"이골이 났다고 하더만 이번엔 꽤나 고생을 한 모양이군."

"말해 뭣하겠나. 누가 알아주지도 않고."

소숙이 땅이 꺼지도록 한숨을 내쉬었다.

"그러게나 말이야. 허허허!"

한백의 입에서 다시금 웃음이 터져 나왔다.

이후에도 장내의 분위기와는 전혀 어울리지 않는 잡담이 계속 이어졌지만 아무도 그들에게 불만을 토로하지 않았다.

당연했다.

군사인 소숙은 한호가 가장 믿고 의지하는 사부였고 가문의 어른들이 은퇴하여 지내는 원로원의 수장 한백은 형제들과 힘겹게 후계자 싸움을 하던 한호를 가장 먼저 지지하고 큰 힘을 보태준 인물이었으며 동시에 현재 천무장의 제일 큰 어른이기도 했다.

그런 두 사람이 떠들어대는 것이니 설사 한호라도 끼어들 수 없었다. 물론 끼어든다고 받아줄 그들도 아니었다.

그래도 대화가 너무 길어지는 듯하자 한호가 말을 끊었다.

"이제 그만들 하시지요. 날 새겠습니다."

한호의 좌우에 나란히 앉은 소숙과 한백이 아쉬운 눈빛을 하며 입을 다물었다.

소숙과 한백의 잡담이 끝나자 악기가 다소 조심스런 태도로 물었다.

"아직 구룡상회의 회주가 참석하지 않았습니다. 혹 따로 연락이라도 받으셨습니까?"

"구룡상회? 아, 동 회주를 말하는 거요?"

"예."

"따로 연락을 받을 필요가 없었소. 지금껏 그와 함께 지내다 왔는데."

"예? 하면 외유를 나가신 이유가⋯⋯."

"구룡상회의 일로 다녀온 것이오."

대수롭지 않게 내뱉은 말이었지만 주변의 공기가 어딘지 모르게 차갑게 가라앉았다.

"참고로 동 회주도 함께 왔소. 천검."

한호가 앞에 놓인 술잔을 가볍게 들며 천검을 불렀다.

문이 열리고 손에 보자기에 쌓인 상자를 든 천검이 무표정한 얼굴로 들어섰다.

불길한 느낌에 모두 천검이 들고 온 상자에 시선을 집중했다. 한호의 눈짓을 받은 천검이 천천히 보자기를 풀자 거무튀튀한 나무 상자가 모습을 드러냈다.

천검이 나무상자의 뚜껑을 여는 순간, 곳곳에서 경악성이 터져 나왔다. 상자안에 소금에 절여진 동천명의 수급이 들어 있었기 때문이었다.

"인사들 나누시구려."

한호가 비꼬는 듯한 어투로 말했다.

입을 여는 사람은 아무도 없었다.

특히 칠주, 아니, 오주의 수뇌들은 한호의 의중을 파악하기 위해 전전긍긍할 뿐이었다.

"이유를 여쭤봐도 되겠소이까?"

공적으로야 가신에 불과했지만 사적으로는 장인이 되는 하후천의 물음에 한호도 조금은 공손한 태도로 입을 열었다.

"반역을 꿈꾸었기 때문입니다."

"바, 반역!"

장내가 또 한 번 웅성거리기 시작했다.

"사부님."

한호가 소숙에게 시선을 돌렸다.

소숙은 꼭 귀찮은 것은 자신에게만 시킨다는 표정으로 당황한 기색이 역력한 수뇌들을 둘러보았다.

"간단히 설명하자면 일의 시작은 여기 계신 장주께서 장군총 발굴의 전권을 구룡상회에 주신 것부터 시작이 되었소."

"커흠."

한호가 헛기침을 하며 술잔을 집었다.

"당시 장군총에는 가치를 헤아릴 수 없을 정도로 많은 재물이 있었다는 것을 알 것이오. 한데 우리가 모르는 또 하나의 보물이 있었소."

"그것이 무엇입니까?"

좌청패(左青覇)가 회백색의 섬뜩한 눈빛을 빛내며 물었다.

"만검신군의 무공."

"마, 만검… 신군이란 말입니까?"

좌청패가 벌떡 일어나며 소리쳤다.

만검신군이라면 고금을 통틀어 다섯 손가락 안에 들어간
다는 검의 달인이자 단 한 번도 깨지지 않은 불패의 승부사가
아니던가.

"그렇소. 만검신군의 무공이었소. 동천명은 그곳에서 만검
신군의 무공을 비롯해서 수많은 무공비서를 획득하였소. 양
손에 지금껏 경험해 보지 못한 금력과 무력을 손에 쥔 바 바
로 여기서 문제가 발생한 것이오."

다들 허탈한 표정으로 소숙을 응시했다.

솔직히 그들 역시 동천명의 입장이라면 그와 같이 행동하
지 않으리란 자신이 없는 것이었다.

"장군총은 오백여 년 전, 역대로 가장 왕성한 힘을 지녔음
에도 패왕가 놈들의 방해로 무림제패의 꿈을 접으신 선조께
서 후대를 위해 안배한 곳이오. 한데 그 이후 장군총은 한 번
도 열리지 않았소. 왜 그런지 아시오?"

한호의 물음에 아무도 대답을 하지 못했다.

당연한 것이 장군총의 비밀은 오직 한씨가문, 그것도 선택받
은 몇몇의 핏줄에게만 전해 내려오는 이야기이기 때문이었다.

한백이 착 가라앉은 음성으로 대답했다.

"장군총은 준비를 위해 존재한 곳이 아니라 준비된 자를

위해 존재한 곳이었으니까."

한호와 한백의 시선이 허공에서 교차했다.

"숙부님의 말씀대로요. 오직 준비된 자. 장군총을 만드신 선조께선 혹여 외부의 적이 장군총을 침범할까 온갖 기관장치와 미로를 만드시고 그 위치를 철저하게 비밀에 붙이셨소. 심지어 장군가의 역대 가주들께서도 장군총의 존재를 알고는 계셨지만 그 위치까지는 제대로 몰랐을 정도라오. 선조께선 그분께서 가장 믿으시는 단 한 명의 수하에게 장군총의 위치를 알리시곤 가문을 부흥시킬 만한 인재가 나타나기 전까진 장군총을 열지 말라는 명을 내리셨소. 더불어 한 가지 임무를 더 내리셨는데 장군가에 필요한 물건들, 재물은 물론이고 신병이기나 영약, 뛰어난 무공들을 수집하라는 것이었소. 명을 받은 수하는 주군의 명을 충실히 따랐고 그 임무는 대를 이어 이어졌소. 장군총에 그 많은 보물들이 존재하게 된 것은 바로 그들의 노력 덕분인 것이오."

잠시 숨을 돌린 한호가 말을 이었다.

"내 생각엔 충분한 준비를 하셨음에도 패왕가의 방해로 무림제패에 실패를 하신 선조께선 능력도 없는 후손이 스스로의 힘이 아닌 그저 장군총의 힘만을 얻어 무모하게 세상에 힘을 드러내는 것을 걱정하신 것 같소. 스스로의 힘으로 일어섰을 때 장군총의 힘까지 얻는다면 그야말로 완벽해질 테니 말이오. 그런데 이백여 년 전, 본가는 패왕가와 또다시 숙명적인 대결을 펼치게 되었고 큰 피해를 입고 말았소. 패왕가와 그들의 사주를 받은 자들의 암습으로 가주를 잃었고 수많은 식솔의 목숨까지 사라졌소. 문제는 장군총의 비밀을 품고 있는 자까지 그때의 싸움에 휘말려 목숨을 잃었다는 것이오. 장군총의 비밀을 가슴에 품고 말이오. 그나마 다행이라면 장군총의 비밀을 풀 하나의 장보도가 존재했다는 것인데 장군총의 흔적을 필사적으로 쫓던 본가는 이십여 년 전, 마침내 평범한 산수화로 위장된 장보도가 웅풍금가에 있다는 것을 확인하고 회수를 할 수 있었소. 장군총을 지켜오던 이가 목숨을 잃은 후, 근 백팔십 년이 흐른 뒤였소."

한호와 함께 웅풍금가를 공격했던 하후천과 악기가 당시의 상황을 떠올리며 두 눈을 지그시 감았다.

"물건을 회수하고도 십 년이란 세월을 허송세월 한 후, 장군총을 열었을 때 내가 여러분께 했던 말을 기억할 것이오. 무림은 장차 장군가에 무릎을 꿇을 것이고 우리 모두가 함께 누릴 영광은 구주팔해를 뒤덮을 것이라고. 나는 그리되리라는 것을 믿어 의심치 않았소. 한데 그에 대한 답은 어땠소?"

한호가 동천명의 수급을 가리키며 차갑게 웃었다.

"나는, 본가는 구룡상회를 믿었소. 믿었고 신뢰를 했기에 장군총을 맡긴 것이오. 한데 그들은 우리의 믿음과 신의를 이용하여 반역을 꿈꿨지. 앞에선 머리를 조아리며 무릎을 꿇곤 뒤로는 장군총에서 얻은 금력과 무력으로 병력을 양성하며 날카로운 비수를 감추고 있었소. 바로 이 목을 노리고."

한호가 비릿한 웃음을 지으며 손날로 자신의 목을 천천히 그어갔다.

"한데 동천명은 큰 착각을 한 것이 있소. 명색이 가신이요, 칠주라는 작자가 주인이 지닌 힘도 제대로 가늠을 못하다니. 반역도 반역이지만 고작 그따위 수작질에 무너질 정도로 장군가를 만만히 봤다는 것이 더 화가 났소. 나 이거야. 그저 손가락으로 지그시 눌러도 짓이겨지는 벌레만도 못한 힘을 가지고. 안 그렇소?"

그것은 경고였다.

한줌도 되지 않는 힘을 가지고, 조금 힘을 얻었다고 감히 반기 따위를 들지 말라는 피의 경고.

한호는 비록 웃고는 있었지만 그 차가운 눈빛에 장내의 공기는 차갑게 얼어붙었다.

누구도 한호와 눈을 마주치지 못했다.

"저런 쓰레기 같은 놈은 그렇다 치고 하면 구룡상회는 어찌 되는 것입니까?"

장군가의 직계로 세가에서 떨어져 나간 칠주와는 비교도 되지 않을 정도의 충성심을 지닌 태상호법 언극(彦極)이 분개한 표정으로 물었다.

소숙이 한호를 대신해 대답했다.

"구룡상회는 건재하네. 동천명이 애써 키워놓은 병력 또한 완벽하게 흡수했고. 이번 일로 제거된 자들은 동천명의 일족과 그의 직계 수하들뿐이지."

"놈들이 반역을 꾸몄다면 깔아놓은 눈들 또한 많았을 터. 쉽지 않았을 텐데 다행입니다."

"그것을 염려해서 장주가 직접 움직인 것이지. 뭐, 다른 목적도 있기는 했지만."

"다른 목적이라면……"

언극의 눈이 한호에게 향했다.

"하하! 사부께서 오해를 하신 게요. 내가 설마하니 만검신군의 무공이 궁금해서 직접 움직였겠소? 대사를 앞둔 시점에서 큰 분열이 일어날까 걱정이 되어 직접 움직인 것뿐이오."

물론 한호의 변명을 믿는 사람은 아무도 없었다.

"의도야 어쨌든 결과는 좋았네. 구룡상회를 무사히 흡수하는 것에도 성공을 했고 무엇보다 만검신군의 무공비서를 얻은 것이 커."

소숙의 말에 하후천과 좌청패가 가장 예민하게 반응했다.

"만검신군의 무공이 그리 뛰어났습니까?"

"견식을 했으면 좋았을 것을 그랬군요."

거의 동시에 튀어나온 두 사람의 말에 소숙은 그럴 줄 알았다는 표정을 지으며 입을 열었다.

"장주와 동천명은 백여 초를 겨루었네. 대부분이 동천명이 공격을 하고 장주가 방어를 하는 형식이었지. 물론 장주가 의도한 바지. 동천명이 아무리 뛰어나도 장주와 상대한다는 것 자체가 있을 수 없는 일이었으니까. 동천명의 공격을 여유있게 받아주던 장주는 단 세 번의 역공으로 동천명의 목을 잘랐네."

한호가 말을 이어갔다.

"그렇다고 다들 오해는 하지 마시구려. 동천명이 약해빠진 것이지 만검신군의 무공이 약한 것은 아니었으니까. 동천명은 만검신군이 남긴 무공을 채 삼 할도 제대로 습득하지 못했소. 만약 그 오의를 충분히 깨달았다면 승부를 장담할 수 없었을 것이오."

"그 정도였습니까?"

좌청패가 물었다.

"만검신군의 무공비서를 살펴본 바 그만한 명성을 얻기에 충분한 무공이었소."

"더불어 고민 하나가 해결이 되었네."

다들 궁금하다는 표정으로 소숙을 응시했다.

"천무장은 곧 세상에 모습을 드러낼 것이네. 시작은 사사천교가 되겠지. 문제는 사람들이 천무장의 비밀을 캐내려고 눈에 불을 켜리라는 것이야. 지금까지는 왕족의 후예니 뭐니 하면서 대충 넘어갔다 해도 본격적인 행보가 시작되면 의심은 깊어지겠지. 무림십강 중 한 명을 식객으로 둔 천무장의 정체에 의심을 하면서."

소숙의 말에 영락없이 중년 학사(學士)의 모습인 철검서생 사도연이 빙그레 미소를 지었다.

"무림에 장군가의 공포가 뒤덮인 지금은 더욱 노골적일 것이라 보네. 하지만 만검신군의 무공은 그들의 의심을 단숨에 불식시킬 수 있는 좋은 증표가 될 것일세."

"하면 장주께서 만검신군의 후예가 되는 겁니까?"

지금껏 단 한마디 말도 하지 않고 침묵을 지키던 풍도가 물었다.

삼십을 갓 넘은 듯한 풍도는 삼대살문의 수장답지 않게 너무도 평범한 외모를 지녔다. 눈꼬리는 살짝 처졌으며 약간 올라간 입매에 입술은 투박했다.

다소 작은 덩치에 전신에서 풍기는 분위기 또한 시골 동네에서 흔히 접할 수 있는 것이었다.

그랬기에 무서웠다.

그 누구도 그런 풍도의 모습에서 그가 은환살문의 주인이라는 것을 알아차릴 수 없을 것이기에.

"그렇네. 장주가 만검신군의 후예가 되는 것이고 천무장은 곧 그가 남긴 문파가 되는 것이지."

"사람들이 믿어주겠습니까? 만검신군의 무공이 사라진 지 수백 년이 흘렀습니다."

"믿게 만들어야지. 만검신군의 무공비서를 비롯해서 필요한 물건들은 충분히 확보가 되었으니 문제는 없을 것이라네. 내 장담하지."

자신만만한 소숙의 모습에 풍도는 물론이고 다들 불신의 빛을 지웠다. 그가 장담을 해서 지금껏 성사되지 않은 일은 단 하나도 없었기 때문이었다.

*   *   *

정무맹의 모든 대소사가 결정되는 의령.

보름에 한 번 열리는 의령은 날이 저물고 밤이 깊어질 때까지 이어졌다.

"이보시게, 군사. 대체 언제까지 놈들의 꽁무니만 쫓아다녀야 한단 말인가? 아무리 박멸을 한다 해도 본진을 쳐서 교주와 수뇌들의 목을 치지 않는 이상 놈들의 끈질긴 생명력은 사그라들지 않아. 오히려 조금씩 우리의 피해만 누적될 뿐이지. 이번에도 그래. 놈들의 지부 하나를 박살 내느라고 일곱 명의 희생자가 생겼네. 문제는 그런 지부를 아무리 박살 내봐야 아무런 소용도 없다는 거야. 그런 지부는 하룻밤만 자고 나면 원상복귀가 되니까 말이야."

이틀 전 사사천교의 지부를 쓸어버리면서 희생된 이들 중 사손뻘인 해남파의 제자가 있는 것을 확인한 장로 육승(陸昇)이 다그치듯 물었다.

"송구합니다, 육 장로님."

정무맹의 군사 모용인(慕容引)이 공손히 머리를 숙였다.

모용인은 와룡숙을 세운 모용세가 출신으로 그 자신 또한 와룡숙에서 수학을 했으며 타고난 천재성과 노력으로 어린 나이에 정무맹의 군사에 오른 인물이었다.

"투밀원에서 필사적으로 찾고 있으니 곧 놈들의 근거지가 발견될 것입니다. 그러니 조금만 더 기다려 주시지요. 그렇지 않은가?"

모용인이 투표권은 없으나 맡고 있는 일의 성격상 의령에 꼬박꼬박 참여하고 있는 투밀원주 조강을 향해 물었다.

조강이 얼른 대답했다.

"예. 그동안 모인 정보를 가지고 다각도로 분석하고 있는 바 조만간 좋은 소식을 전해 드릴 수 있을 것입니다."

"짐작 가는 곳이라고 있는 것인가?"

장로 남궁창(南宮昶)이 물었다.

"단언할 수는 없지만 산동지역으로 의심하고 있습니다."

"너무 범위가 넓지 않은가? 구체적으로."

남궁창이 다소 짜증나는 어투로 되묻자 조강이 난처한 얼굴로 모용인을 바라보았다.

"정보를 다루는 입장에서 확인이 되지 않는 사안을 함부로 말을 할 수는 없을 것입니다. 투밀원주 스스로가 다짐을 했으니 그때까지 시간을 좀 주시지요."

대답이 마음에 차지 않았지만 남궁창은 차분하면서도 담담한 모용인의 말에 더 이상 토를 달지 않았다.

"그나저나 지원군을 더 보내야 하지 않겠소? 이번 싸움에선 이겼다고는 해도 저들의 공세가 만만치가 않소."

황보근(皇甫根)의 말에 백리중건(百里中乾)이 맞장구를 쳤다.

"황 장로의 말씀이 옳소. 하남에서야 놈들을 완전히 몰아내는 데 성공했지만 대신 하북에선 놈들의 세력이 급격히 성장하고 있소. 지금 확실하게 제어하지 못하면 틀림없이 큰 문제가 생길 것이오."

"산동이나 안휘의 상황도 좋은 편은 아닙니다."

철응방(鐵鷹幇)의 이적(李滴)이 미간을 찌푸리며 대꾸했다.

"어느 곳이든 상황이 좋은 곳은 없소. 그러나 하북만큼은 꼭 지켜내야 하오. 자칫하면 관에서 본격적으로 개입을 할 수도 있소이다."

백리중건의 말에 모두의 시선이 모용인에게 쏠렸다.

"맞습니다. 얼마 전부터 황군의 움직임이 감지가 되었습니다. 물론 지금까지도 관부에서 어느 정도 개입이 있었지만 황군이 직접 움직인다는 것은 차원이 다릅니다."

"음……."

황군이 움직일 수 있다는 말에 이적은 입을 다물 수밖에 없었다. 무림에 관이 개입을 한다는 것만큼 거북한 일이 없기 때문이었다.

오고가는 대화를 가만히 지켜보던 정무맹주 화진광(華震光)이 입을 열었다.

"어느 정도 의견은 모아진 것 같습니다. 그럼 거수로 결정을 하도록 하지요."

정무맹의 실세라고 할 수 있는 오대세가 중 두 곳에서 주장하고 황군이라는 이름까지 거론된 마당에 반대가 있을 수 없었다.

만장일치로 지원이 결정되자 정무맹주가 모용인에게 명을 내렸다.

"군사는 어떤 식으로, 그리고 규모는 어느 정도가 적당할지 계획을 세우도록 하게나."

"알겠습니다."

"군사의 계획이 나오면 칠인회에서 세부 사항에 대한 결정을 내리도록 하겠습니다."

정무맹주의 공표에 다들 동의를 표했다.

보름에 한 번 열리는 의령이 정무맹 정책의 큰 물줄기를 결정하는 자리라면 거의 매일 열리는 칠인회의는 정책의 세부 실행과 보다 빠른 의사결정을 위해 만들어진 기구였는데 그들은 정무맹주와 군사, 그리고 장로와 호법의 대표들로 구성되었다.

"사사천교를 막는 것도 중요하지만 그들에게 피해를 입은 이들에 대한 대책도 필요하다고 봅니다. 이번만 보더라도 놈들의 선제공격에 만운장(滿雲莊)이 멸문을 당했고 두 개의 문파가 큰 피해를 당했습니다. 이들을 위한 지원책이 반드시 있어야 합니다."

오대세가의 견제로 장로에 오르지 못하고 호법 수준에 만족하고 있는 당가의 대표 당학운의 말에 상당한 이들이 공감을 표했다. 특히 장로들보다는 사문의 힘이 상대적으로 약한 호법들의 지지가 상당했다.

이곳저곳에서 동조의 의견이 쏟아져 나오자 눈치를 보던 장로들도 결국 거들지 않을 수 없었다.

거수 결과 피해를 본 문파들에 대한 지원이 결정되자 정무맹주는 다시금 군사에게 명을 내렸다.

"군사는 하북성의 지원은 물론이고 사사천교의 공격으로 피해를 입은 문파들을 돕는 문제 또한 계획을 세우도록 하게. 다음에 함께 논의토록 하지."

"알겠습니다."

모용인이 결정사항을 간단히 기록하는 것을 지켜보던 정무맹주가 다시금 입을 열었다.

"다음 안건은 뭔가? 제법 밤이 깊었네."

"중요 안건은 모두 끝났습니다. 안건이라기보다는 간단한 보고가 될 것 같군요."

모용인의 말이 끝나는 것과 동시에 조강이 몸을 일으켰다.

"근래에 혈사림과 사사천교의 충돌이 잦아지고 있습니다. 아무래도 사사천교가 혈사림의 영역까지 세력을 확장시키다 보니 곳곳에서 분란이 일어나는 것 같습니다."

"하긴 능위가 가만히 있을 위인이 아니지."

이적과 어깨를 나란히 하고 앉아 있던 신월문(新月門)의 조왕(曺汪)이 코웃음을 쳤다.

"예. 혈영노괴를 수장으로 하여 대대적인 토벌이 벌어지고 있는 것 같습니다만 워낙 지하에서 움직이는 터라 아직 큰 효과를 보고 있지는 못하고 있습니다.

"우리 쪽과 문제는 없는가?"

정무맹주가 물었다.

"예. 시기가 시기인지라 서로 피하는 형국입니다."

"다행이군. 워낙 사건 사고가 많은 위인이라."

정무맹주의 말에 다들 웃음을 터뜨렸다.

서로 경원시하면서도 비교적 평온하게 지내는 마황성과는 달리 정무맹과 혈사림은 하루가 멀다 하고 크고 작은 충돌이 일어났다. 때로는 전면전을 걱정해야 할 정도로 대규모의 충돌이 일어나기도 했는데 사사천교라는 공동의 적이 나타나자 그런 충돌이 거의 사라지게 된 것이다.

"다만 한 가지 특이사항이 있습니다."

"뭔가?"

"광의(狂醫)의 움직임이 심상치 않습니다."

"광의가?"

"예. 그는 원래 외부 활동을 극히 자제하는 인물이었습니다. 사실상 혈사림의 수뇌 중 사실상 가장 노출이 되지 않는 인물이 바로 그입니다. 한데 얼마 전부터 외부 활동도 많아지고 그를 중심으로 모종의 계획이 벌어지고 있는 것 같다는 보고가 올라오고 있습니다."

정무맹주의 표정이 심각하게 변했다.

"모종의 계획이라니? 구체적으로 파악이 되었나?"

대답은 조강이 아니라 모용인의 입에서 흘러나왔다.

"구체적으로 파악된 것은 없습니다만 어느 정도 추측은 가능했습니다."

"결론이 뭐였나? 대체 무슨 짓을 꾸미고 있는 것인지?"

육승이 참지 못하고 물었다.

"혈사림은 사사천교와 충돌이 있기 전부터 몽몽환에 대해 많은 관심을 관심을 기울여 왔었습니다. 이미 상당한 양의 몽몽환을 확보한 것으로 파악이 되었지요. 그것을 바탕으로 연구를 하는 것은 아닌가 의심이 됩니다."

"그러니까 그 미친놈이 몽몽환을 만들려 한다 이건가?"

성수의가의 송유(宋儒)가 버럭 소리를 질렀다.

어릴 적 성수의가에서 의술을 배운 광의는 의술로써 생명을 살리기보다는 자기만족, 일신의 영달의 도구로 삼았고 끝내는 성수의가의 비전 몇 가지를 훔쳐 달아나 혈사림에 투신한 인물이었다. 당연히 감정이 좋을 리가 없었다.

"예. 장로님. 일단 그리 판단하고 있습니다."

"죽을 때가 되어도 제 버릇은 어딜 가지 않는군."

송유가 이를 부득 갈았다.

"흠, 몽몽환이 비록 뛰어난 효능이 있기는 하지만 치명적인 부작용이 있는 것을 모르지 않을 터인데 이상하군."

정무맹주의 말에 송유가 고개를 흔들었다.

"아마도 부작용을 없앤 몽몽환을 만들기 위해 연구를 하고 있을 겁니다."

"가능하겠습니까?"

정무맹주가 반문했다.

"사사천교 놈들만 악독한 것은 아닙니다. 혈사림 또한 놈들 이상으로 잔인하고 악독한 짓을 할 수 있는 자들이지요. 성공하면 성공한 대로 좋은 것이고 실패를 한다 해도 상관하지 않을 터. 어떤 식으로든 쓰인다고 보시면 될 것입니다."

그동안 혈사림의 행태를 익히 알고 있던지라 다들 송유의 의견에 고개를 끄덕였다.

"이것이 사실이라면 사사천교가 문제가 아닙니다. 혈사림은 사사천교와 비교할 수 없을 정도로 많은 고수를 보유한 곳. 대책을 세워야 한다고 봅니다."

건곤문(乾坤門)의 봉추경(鳳秋景)이 딱딱하게 굳은 얼굴로 말했다. 그의 사문인 건곤문은 혈사림과 꽤나 가까이에 있는지라 누구보다 강한 위기감을 느끼는 듯했다.

"하지만 특별한 대책이 있겠소, 봉 호법? 다른 곳도 아닌 혈사림이오."

이적의 말에 다들 한숨을 내쉬었다.

혈사림은 그야말로 정무맹에 뒤지지 않는 천하삼세.

전면전으로 끝장을 내기 전까지는 그들을 제지할 방법 따위는 존재하지가 않았다.

깊은 한숨과 침묵이 장내를 휘감을 때 무당파의 광현(廣玄) 진인이 모용인에게 물었다.

"군사의 생각은 어떤가?"

정중정(靜中靜).

언제나 침묵을 지키는 소림사와는 달리 적극적으로 의견을 개진하여 사실상 구파일방의 의견을 대표한다고 해도 과언이 아닌 광현 진인이 입을 열자 장내의 공기가 사뭇 달라졌다.

"혈사림이 몽몽환을 확보, 또는 재현하는 것은 분명 큰 위협으로 다가올 것입니다. 그렇지만 정무맹 단독으로 그들을 어찌할 방법도 사실상 없습니다."

"군사의 표정을 보니 아주 없는 것은 아닌 것 같군."

"두 가지가 있습니다."

"허! 두 가지나?"

"예. 하지만 두 가지 방법 모두 탐탁치 않으실 것 같아 걱정입니다."

"말해보게. 탐탁하고 하지 않고가 중요한 것이 아니라는 것은 우리 모두 알고 있으니까."

광현 진인이 담담히 웃으며 말했다.

"첫 번째로는 마황성과 손을 잡는 것입니다."

"마… 황성?"

광현 진인의 미간에 살짝 주름이 잡혔다.

곳곳에서 웅성거리는 소리가 들렸다.

"그렇습니다. 마황성 또한 혈사림이 몽몽환을 확보하는 것을 그리 반기지는 않을 것입니다. 그들로서도 큰 문제가 될 테니까요. 마황성과 협력하여 혈사림을 압박하면 제아무리 혈사림이라 해도 함부로 행동하지는 못할 것입니다."

"나쁘지는 않지만 그들이 과연 협조를 할까? 아니, 그들마저 몽몽환을 만든다고 나서면 어찌 되는 것인가?"

남궁창의 예리한 지적에 담허 진인은 물론이고 듣고 있던 모든 이가 걱정스런 표정으로 고개를 끄덕였다.

"가능성을 완전히 배제할 수는 없지만 마존 엽소척의 성정을 생각해 보면 혈사림의 뒤를 따르지는 않을 것입니다. 아예 우리와 손을 잡고 혈사림을 지워 버리는 것을 선택할 가능성이 훨씬 높다고 봅니다."

"어느 정도나 보나?"

"구 할 이상으로 봅니다."

"그나마 다행이군."

구 할이라는 것은 곧 그렇게 된다는 것이나 다름없는 말. 남궁창은 모용인이 그토록 확신을 하자 염려를 거뒀다.

"두 번째 방법은 무엇인가?"

광현 진인이 다시 물었다.

"관부의 힘을 빌리는 것입니다."

"관… 부?"

이번에도 역시 탐탁치 않다는 얼굴이었다.

"예. 처음엔 미약했던 사사천교의 세력이 들불처럼 커지고 제압이 제대로 되지 않는 것이 몽몽환의 힘이라는 것은 관에서도 알고 있습니다. 황군이 움직이려 할 정도로 관부에서도 심각하게 여기고 있고요. 바로 이 점을 이용하는 것입니다. 몽몽환을 만들고자 하는 혈사림을 제이의 사사천교로 만드는 것이지요."

"가능하겠는가?"

"가능하도록 만들어야겠지요. 수단과 방법을 가리지 않고. 참고로 말씀드려 중앙정계에 진출해 있는 고관대작들은 혈사림보다는 우리 쪽과 인연이 많다고 말씀드리고 싶군요."

정확한 지적이었다.

당장 팔십만 금군을 지휘하고 있는 대장군이 무당의 속가라는 것은 알 만한 사람은 다 알고 있었고 금위의의 수장 또한 소림과 깊은 관계가 있는 인물이었으며 그 밖에도 헤아릴 수 없을 정도로 많은 관리가 정무맹에 속한 문파들과 인연이 있었다.

"츕, 둘 다 확실히 효과는 있을 듯하지만 자네 말대로 과히 탐탁치는 않군."

광현 진인이 쓴웃음을 짓고 말았다.

"그래도 그 이상의 방법은 없는 것 같습니다."

정무맹주의 말에 광현 진인도 동의를 했다.

"그런 것 같군요."

"어떤 방법을 써야 할지는 조금 더 상황을 지켜보고 충분히 숙고한 뒤에 결정하는 것이 좋겠습니다. 우선 급한 것은 사사천교니까요."

"그리하는 것이 좋겠습니다.

광현 진인의 대답을 받은 정무맹주가 남궁창에게 시선을
돌렸다. 광현 진인이 구파일방을 대표한다면 남궁창이 오대
세가의 대표 격이기 때문이었다.

"같은 생각입니다."

남궁창의 허락까지 얻은 정무맹주가 흡족한 미소와 함께
모용인에게 고갯짓을 했다.

"계속 진행하게. 혈사림은 그렇다 치고 마황성의 동태는
요즘 어떤가?"

"혈사림과는 달리 마황성은 아직 별다른 움직임이 없습니
다. 사사천교에 애를 먹고 있는 정무맹과 혈사림을 보며 내실
을 다지고 있는 듯합니다."

"어쩌면 이번 싸움이 끝난 후, 가장 무서운 적이 될 수도 있
겠군."

"그렇습니다."

"한데 마월영은 여전히 무림을 들쑤시고 다니는가?"

광현 진인이 조강에게 물었다.

"예. 특히 사사천교를 철저하게 파헤치고 있는 것 같습니다."

"그렇겠지. 장군가로 지목받은 곳이니까."

"장군가의 본체는 아닐지라도 분명 연관은 있다고 봅니다."

조강의 말에 백리중건이 코웃음을 쳤다.

"또 그 소리인가? 하지만 아무리 조사를 하여도 딱히 나온 것은 없는 것으로 아는데."

백리중건의 말에 조강의 말문이 막혔다.

그의 말대로 명확히 밝혀진 것은 아무것도 없었다.

모용인이 대답이 궁색한 조강을 대신해 입을 열었다.

"그래도 가능성을 배제할 수는 없으니까요. 마황성이 바보가 아닌 이상 모든 정보력을 사사천교에 집중하는 것엔 그만한 이유가 있다고 봅니다."

"장군가에 대한 소문이라면 저 장강의 수적 떼들에게서도 들려왔네. 하지만 그 또한 헛소문으로 밝혀졌지. 투밀원에서 그런 헛소문의 뒤만 쫓아다니니까 사사천교 놈들을 제대로 공략하지 못하는 것이 아닌가. 노부는 이제라도 투밀원의 모든 역량을 사사천교에 집중해야 한다고 보네. 여러분들은 어떻게 생각하십니까?"

백리중건의 의견에 동조하는 말들이 곳곳에서 터져 나왔다.

백리중건처럼 확고한 생각을 가진 것까지는 아니더라도 대부분이 그의 생각에 우호적이었다.

다만 장강에서 어떤 일이 벌어졌는지 명확하게 알고 있는 당학운과 몇몇 인사만이 걱정스런 눈초리로 좌중의 분위기를 살필 뿐이었다.

소란스러웠던 회의장이 분위기가 다소 가라앉자 모용인이
좌중을 둘러보며 조용히 입을 열었다.

"마지막으로 말씀드릴 것이 있습니다."

"음, 군사의 음성이 심각한 것을 보니 이거 은근히 겁이 나
는군. 그래, 무엇인가?"

광현 진인이 농이 섞인 음성으로 물었다.

"화산파에서 사람이 오고 있습니다."

화산이라는 말이 나오기가 무섭게 광현 진인의 안색이 굳
어졌다.

"화산파라면… 혹 청풍이란 자를 말하는 겐가?"

화산과 가까이에 있었기에 그동안 화산의 그늘에 가장 많
이 시달려 왔던 종남파(終南派)의 관지림(關地林)이 눈꼬리를
치켜뜨며 물었다.

"그렇습니다. 그가 곧 이곳에 도착을 한다고 합니다."

"언제쯤 도착한다고 하던가?"

광현 진인이 착 가라앉은 음성으로 물었다.

"늦어도 내일 저녁에는 도착하는 것으로 압니다."

"음……."

광현 진인이 불쾌한 기색으로 입을 다물자 이를 흥미롭게
지켜보던 남궁창이 슬쩍 말문을 열었다.

"그가 일전에 저지른 무례한 행동은 정무맹에 속한 한 사

람으로서 화가 나지만 솔직히 어떤 인물인지 무척이나 궁금합니다. 나이도 꽤나 어리다고 들었는데 정무맹의 정예들과 노사들을 어찌 그리 곤란케 만들었는지 말이지요."

"홍, 노사들의 실력이 부족했기 때문이지 다른 이유가 있겠습니까?"

호법들의 안색이 확 일그러졌다.

당시 화산파에 지원을 나갔던 노사들의 신분이 자신들과 같은 호법인 터. 그들은 관지림의 비웃음에 심한 모욕감을 느꼈다.

"화산에서 화산파의 제자를 어찌 함부로 다룰 수 있단 말이오. 모르긴 몰라도 노사들께서 적지 않은 양보를 했을 것이오."

호법들의 심상치 않은 분위기를 파악한 광현 진인이 얼른 수습을 하고자 했다.

격앙된 호법들을 달래기 위한 광현 진인의 변명에 곧바로 반박이 터져 나왔다.

"그건 사실이 아니외다."

유대웅이 언급될 때부터 눈빛을 빛내고 있던 당학운이었다.

"무슨 말을 하고 싶은 것입니까?"

광현 진인의 시선이 차가워졌다.

당학운은 광현 진인의 반응을 간단히 무시하고 우선 남궁창에게 시선을 두었다.

"그가 정무맹에 무례를 저질렀다고 하였으나 사실을 말하자면 정반대요. 무례는 오히려 지원을 나간 병력들과 노사들이 하였소."

당시 화산에서 벌어진 상황이 정무맹에 묘하게 전해진 것을 알면서도 논의 자체가 되지 않아 별다른 설명을 할 기회를 얻지 못하고 있던 당학운은 작심한 듯 빠르게 말을 이어갔다.

"그의 배분은 현 장문인의 사숙으로 화산에 몇 남지 않은 존장의 신분이었습니다. 그리고 충분히 그것에 대한 설명이 있었지요. 노부가 직접 그것을 증명하기도 했고. 하지만 당시 그곳에 있던 병력들과 노사들은 그것을 알면서도 애써 무시하고 외면하였습니다. 그들은 아니라고 할지 모르지만 내가 보기엔 그들의 행위는 단지 힘이 약해진 화산파에 모욕을 주기 한 행동에 불과한 것이었습니다."

분노로 얼룩진 당학운의 음성에 압도당한 것인지 누구 하나 입을 여는 사람이 없었다.

"결국 충돌이 일어났고 결과는 아시다시피 정무맹의 참패로 끝나고 말았습니다. 가장 격렬하게 싸웠던 은검단은 말 그대로 초토화가 되었으며 뒤늦게 싸움에 끼어든 노사들 또한 변변한 대항을 하지 못하고 무참한 패배를 당했습니다. 사정을 봐줬다고 하였습니까? 내가 보기엔 사정을 봐준 것은 죽기 살기로 덤빈 노사들이 아니라 바로 그였습니다."

"믿기 힘드오. 그가 그토록 강하단 말이오?"

조왕이 탁자를 탁 치며 소리쳤다.

"최소한 그대보다는 훨씬 강하오."

"뭐요! 지금 뭐라고……."

발끈한 조왕이 언성을 높이기 전에 당학운의 말이 이어졌다.

"노부 또한 그의 상대는 되지 못하오."

"……."

조왕이 멍한 얼굴로 당학운을 응시했다.

놀란 것은 조왕뿐만이 아니었다.

일수비천 당학운이 누구던가!

이십대에 이미 무림에 혁혁한 명성을 날린, 당가가 배출한 최고의 고수 중 한 명.

지금 회의장에 모인 이들 중 당학운보다 강하다고 자신할 수 있는 사람이 있을지 의심될 정도로 대단한 고수가 바로 그였다.

한데 그런 당학운이 스스로 패배를 자인하고 나선 것이다.

그것도 아쉬움이 전혀 묻어나지 않은 당연하다는 표정으로.

"그가 화산검선의 감춰진 제자라는 것은 알고 있소이다. 하지만 제아무리 화산검선의 제자라 하더라도 지금의 말씀은 너무 과장된 것이 아니오?"

일해도문(溢海刀門)의 오명종(吳鳴鐘)이 도저히 믿기 어렵다는 표정으로 되물었다.

"정 궁금하시면 오 장로께서 직접 겪어보시구려. 하면 노부의 말이 무슨 뜻인지 알게 될 터이니."

오명종의 얼굴이 와락 구겨졌다.

"말씀 함부로 하지 마시오."

"자자, 그만들 두십시오. 지금 과거의 잘잘못을 따지자는 것이 아니지 않습니까?"

두 사람의 언쟁이 격화되려는 조짐이 보이자 정무맹주가 중재를 하고 나섰다.

"중요한 것은 화산검선의 제자가 이곳으로 오고 있다는 것이고 늦어도 내일 저녁에는 도착한다는 것입니다. 문제는 그가 과연 어떤 의도로 이곳에 오느냐는 겁니다."

"이유는 뻔하지 않겠습니까? 아마도 화산파의 제자들을 돌려달라는 요구를 할 것이라 봅니다."

황보근의 말에 관지림이 고개를 끄덕였다.

"그동안 줄기차게 요구했었지요."

"돌려보내야 하지 않겠습니까? 화산파에 지원을 나갔던 인원이 모두 돌아왔습니다. 이제 그들을 잡아둘 명분이 없습니다만."

봉추경의 말에 광현 진인이 날선 음성으로 반박했다.

"이거 우리가 몇 명 되지도 않는 인원을 돌려보내지 않으려고 강짜를 부린 것 같습니다. 말씀은 제대로 하셔야지요. 화산파의 사정이 딱한 것이야 누가 모르겠습니까? 그럼에도 그들을 돌려보내지 못한 것은 원칙을 지키기 위함이었습니다. 사정에 따라 원칙을 무시한다면 누가 그 원칙을 따르려고 하겠습니까? 원칙이 한번 무너지기 시작하면 다시 바로 세우기란 무척이나 힘든 법입니다."

광현 진인의 말에 일부는 동조를 했지만 대다수는 내심 비릿한 웃음을 짓고 있었다.

화산검선으로 인해 화산파가 구파일방, 나아가 정도를 대표하는 문파로 성장했을 때 무당파는 화산파를 누르기 위해 온갖 노력을 기울였다. 물론 화산검선이란 거대한 장벽으로 인해 무위로 돌아갔지만 그때부터 지금에 이르기까지 무당파는 화산파의 일이라면 노골적으로 견제를 했다.

대표적으로 화산이 사사천교의 공격에 막대한 피해를 당했음에도 원칙 운운하며 제자를 돌려보내지 않는 결정을 하는데 무당파의 영향력이 지대한 역할을 했음을 모르는 사람은 아무도 없었다.

"어쩌면 비어 있는 장로직을 원하고 오는 것인지도 모르지요."

남궁창의 말에 이적이 어이가 없다는 표정을 지었다.

"그의 나이가 몇인 줄 아십니까?"

"나이는 중요하지 않습니다. 다른 사람도 아니고 화산검선의 제자입니다. 그보다 위 배분의 인물이 이곳에도 많지는 않습니다."

"아무리 그래도 그렇지요."

이적은 여전히 인정을 못하겠다는 표정이었다.

"군사의 생각은 어떤가? 그가 어떤 생각을 가지고 이곳에 온다고 생각하는가?"

공동파의 태을선인(太乙仙人)이 모용인에게 물었다.

모용인은 생각할 것도 없다는 듯 대답했다.

"화산파의 제자들을 돌려받으려고 하는 것 같습니다."

"너무 단정적으로 말하는군."

"현재 화산파가 처한 입장에서 그 이상의 것은 생각하기 힘듭니다."

"정무맹은 여전히 화산파를 위해 장로직을 비워두고 있다네."

"욕심낼 상황이 아니라는 것은 다들 아시지 않습니까? 정무맹에 상주를 하려면 최소한 그에 걸맞은 인물이어야 합니다. 제가 알기론 화산에 그만한 인물은 청구자와 청진자뿐입니다만 그분들은 절대 화산을 떠날 수 없습니다."

"지금 오고 있는 친구도 자격은 충분하다고 보네만."

"실력이나 배분만을 따진다면 모르겠으나 정무맹에 속한

어떤 문파에서도 직전제자가 아닌 속가제가에게 그만한 직위를 준 적은 없습니다."

"속가… 제자? 그가 속가제자란 말인가?"

광현 진인이 깜짝 놀라 되물었다.

"그렇습니다."

"한데 어째서 청풍이라는……."

"그의 재능을 아낀 화산검선께서 직접 도호를 내리셨을 뿐 직전제자는 아니라고 합니다."

"확실한 건가?"

"투밀원에서 확인했습니다."

"놀랍군. 아무리 아끼는 제자라고는 하나 어찌 속가제자에게 화산파의 정수를 내준단 말인가."

속가제자에게 문파의 정수를 내준 경우가 아예 없는 것은 아니었다. 그래도 파격이라면 분명 파격이었다.

"어쨌거나 하나는 확실해졌군. 그가 이곳을 방문하는 것이 한 자리 차지하려는 것이 아니라는 것은."

"그렇다고 화산파의 제자들을 보내줄 수는 없는 노릇 아닙니까?"

관지림이 광현 진인의 눈치를 슬쩍 살피며 물었다.

"당연하지요. 방금 전에도 말했다시피 이건 원칙의 문제입니다. 그 어떤 문파도 예외가 있을 수는 없습니다."

광현 진인의 강한 언사에 불만을 품는 이도 상당했다.

특히 사문의 힘이 상대적으로 약했던 호법들의 표정이 과히 좋지 않았는데 그들의 사문이 사사천교와의 싸움에서 화산파와 같은 꼴을 당하지 말라는 보장이 없었기 때문이었다.

"원칙엔 예외가 없다는 말씀을 하셨지만 예외 없는 법 또한 없는 법이지요."

광현 진인이 노한 눈길로 음성의 주인을 찾았다.

당학운이었다.

"하면 화산파만 예외로 두자는 말씀입니까?"

"화산파만 예외로 두자는 것이 아니라 사정을 충분히 감안을 해야 한다는 말입니다."

"원칙을 무너뜨릴 수 있는 말입니다."

"원칙만을 염두에 두다 더 큰 것을 잃을 수도 있습니다."

천천히 자리에서 이러난 당학운이 좌중을 둘러보며 말을 이었다.

"여기 계신 분들의 사문이 화산파와 같은 불행을 당하지 않는다는 보장은 아무도 하지 못합니다. 지금 이 순간, 누군가의 사문이 사사천교의 공격에 치명적인 타격을 입고 있을 수도 있습니다. 자, 그런 상황에서 원칙만을 앞세워 사문의 위기를 외면토록 만들겠습니까? 충분한 지원을 한다고요? 물론 하겠지요. 그러나 사람의 마음이 그렇지 않습니다. 풍전등

화(風前燈火)의 위기에 빠진 사문을 두고 정무맹에 남아 있는 자들의 심정이 어떻겠습니까? 그것도 자의가 아니라 원칙이라는 미명하에 억지로 남겨진 자들의 마음을. 그들에게 정무맹을 위해 전력을 다하라는 말을 할 수 있겠습니까?"

당학운의 음성은 여러 사람의 마음을 흔들었다.

하지만 광현 진인이나 남궁창 등의 마음을 움직이지는 못했다.

문제는 그들이야말로 의령의 결정에 막강한 영향력을 행사하는 자들이라는 것.

화산파의 제자들을 돌려보내는 문제를 두고 광현 진인과 당학운이 팽팽하게 맞섰지만 결국 광현 진인의 주장대로 원칙을 따르는 것으로 결론이 내려지고 말았다.

"자, 의견이 다소 갈리기는 했으나 화산파 제자들의 문제는 원칙을 따르는 것으로 합의를 보도록 하겠습니다."

정무맹주의 말이 끝나자 투표 결과가 자신의 의도대로 되었다는 것에 만족하고 있던 광현 진인이 모용인을 불렀다.

"이보게, 군사."

"예. 장로님."

"화산파 제자들의 소속이 묵검단이던가?"

"그렇습니다. 묵검삼대에 속해 있습니다."

"이번에 복귀한 것으로 알고 있네만. 맞나?"

"이틀 전에 도착을 하여 휴식을 취하고 있습니다."

"그렇군."

고개를 끄덕인 광현 진인이 당학운을 힐끗 바라본 뒤 나직한 음성으로 입을 열었다.

"청풍이라는 자가 어떤 목적을 가지고 정무맹으로 오는지 충분히 예상 가능한 상황에서 굳이 그들을 만나게 해줄 필요는 없다고 생각합니다만 다들 어찌 생각하십니까?"

관지림이 즉각 반응했다.

"동의합니다."

남궁창이 비릿한 미소를 지으며 말했다.

"기왕 이렇게 된 이상 화산파 제자, 험, 아니군요. 묵검삼대에게 새로운 임무를 주어서 다른 곳으로 보냈으면 합니다. 눈에 안 보이면 그나마 분란이 덜할 테니까요."

광현 진인이 제안을 하고 남궁창이 동의를 하자 곳곳에서 맞장구를 치는 소리가 터져 나왔다.

간간히 그렇게까지 해야 하느냐는 우려의 말이 흘러나오기는 했으나 소수일 뿐이었다.

'하필이면 무오(無悟) 대사(大師)께서 자리를 비우셨을 때 이런 일이……'

당학운은 정무맹에서 가장 중립적이며 공평무사한 의견을 지닌 소림사의 무오 대사가 본산의 일로 자리를 비운 것이 못내 아쉬웠다. 혜인(慧仁)이 무오 대사를 대신하고는 있었으나 자리가 자리인지라 단 한마디도 하지 못하고 있었다.

"후우……."

당학운의 입에서 기나긴 한숨이 흘러나왔다.

그것을 놓치지 않은 오명종이 비웃음을 흘렸다.

"당 호법께선 이번 불만이 많으신 모양이오."

명백한 도발이었다.

당학운이 물끄러미 오명종을 응시했다.

허공에서 격렬하게 맞부딪치는 두 사람의 시선.

당학운의 싸늘한 시선을 접한 오명종이 결국엔 버티지 못하고 슬그머니 고개를 돌리고 말았다.

같은 호법이라도 오명종과 당학운은 그 급이 달랐다. 게다가 일해도문과 당가를 비교해도 그랬다.

"불만이 있다고 해도 의령에서 결정된 일에 대해 왈가왈부하지는 않소. 다만 노부가 걱정하는 것은 그가 과연 이런 결정을 받아들일까 하는 점이오."

"화산파가 의령의 결정에 거스를 수 있다는 말입니까?"

백리중건이 물었다.

"화산파가 아니라 바로 그가 문제입니다."

"의령의 명을 따르지 않는다는 것은 곧 정무맹을 부정하는 것이다 다름없습니다. 화산파가 그것을 모르지는 않을 겁니다."

"그가 직접 이곳을 온다는 것은 그만한 전권을 주었다는 것이지요. 그리고 제가 아는 그는 이번 의령의 결정에 틀림없이 반발할 것입니다."

"흥, 그래 봤자 화산파만 손해일 뿐입니다. 이처럼 위급한 시국에……."

황보근이 코웃음을 치자 당학운이 다시금 한숨을 내쉬었다.

"화산파만 손해일 것 같지는 않습니다. 다른 곳도 아니고 화산파입니다. 정무맹에, 아니, 무림에 화산검선의 그림자가 얼마나 넓게 드리워 있는지는 누구보다 여러분이 더 잘 아실 터. 만약 화산파가 정무맹과 척을 진다면 정무맹 또한 상당한 타격을 받게 될 것입니다. 또한 사람들은 어째서 화산파와 정무맹의 관계가 틀어지게 되었는지 찾으려 들겠지요. 그들의 눈에 원칙만을 고집하는 정무맹이 어찌 보일까요? 안타깝습니다. 참으로 안타까운 일입니다."

장탄식을 하며 고개를 흔드는 당학운의 말에 누구도 반박을 하지 못했다.

"맹주님. 더 이상 나눌 의제도 없는 것으로 압니다. 돌아가도 되겠습니까?"

당학운의 요청에 정무맹주가 고개를 끄덕였다.

"그렇게 하십시오. 아까의 결정으로 공식적인 회의는 마무리가 될 셈이니."

"그럼."

정무맹주에게 가볍게 예를 차린 당학운이 힘 빠진 모습으로 어깨를 축 늘어뜨린 채 회의장을 나섰다.

그를 따라 많은 사람들이 자리를 뜨기 시작했다.

서로 마주보고 있는 광현 진인과 남궁창은 대부분의 사람들이 회의장을 빠져나갈 때까지 자리를 지켰다.

"두 분은 아직도 나누실 말씀이 있는 것 같습니다."

회의장을 나서는 모용인과 인사를 주고받은 정무맹주가 너털웃음을 지으며 말했다.

"맹주께서도 함께 이야기를 나누셔야지요. 화산파도 그렇고 악가의 문제도 그렇고요."

광현 진인이 두 눈을 빛내며 말을 꺼냈다.

"그렇습니다. 특히 악가의 멸문으로 사라진 장로직에 대한 논의는 너무 늦은 감이 있습니다. 아, 이번에 사사천교에 피해를 당한 문파들의 호법을 비롯해 몇몇 호법까지 사임을 요청해 온 것으로 압니다만."

남궁창의 말에 정무맹주가 의미심장한 미소를 지으며 맞장구를 쳤다.

"그렇지요. 그렇지 않아도 그 일로 두 분과 상의를 할 참이었습니다."

"화산파의 문제가 어찌 매듭 될지는 모르니 우선 확실한 것은 악가 쪽에서 남게 될 장로직이군요. 단도직입적으로 말씀드리지요. 양보를 해주시겠습니까?"

남궁창이 광현 진인에게 물었다.

"당연히. 그 자리에 욕심을 낼 이유가 없지요. 대신 화산파에서 문제가 생기면……"

광현 진인의 말이 끝나기도 전에 남궁창이 흔쾌히 고개를 끄덕였다.

"전적으로 동의를 하겠습니다."

정무맹주가 호탕하게 웃음을 터뜨렸다.

"허허허! 시원시원해서 좋군요. 하면 호법직은 어찌하실 생각입니까? 물러나는 이들도 적당한 선에서 챙겨줘야 할 터인데 말이지요."

"공석이 될 호법들의 수에 맞춰서 적당히 배분을 하면 될 것입니다. 물론 맹주님에 대한 배려는 잊지 않을 터이니 걱정하지 않으셔도 됩니다."

"저야 늘 두 분을 믿고 있지요."

그 말과 함께 정무맹주는 두 사람의 본격적인 협상을 위해 슬쩍 한 발을 뺐다.

"진인께서 어떤 이들을 염두에 두고 계십니까?"

남궁창이 물었다.

"정확히 몇 자리가 나는지 확인을 하지 못해 확정 짓지는 못했지만 몇 명 생각한 사람들이 있습니다."

광현 진인은 정확하게 그들이 누구인지는 밝히지 않았다.

"저 또한 그렇습니다."

남궁창이 씨익 웃음을 보였다.

"그렇군요. 자, 그럼 차분하게 논의를 해볼까요?"

"잠시만 기다리십시오. 이런 자리에 술이 빠질 수는 없지 않겠습니까?"

남궁창이 술잔을 권하자 광현 진인이 기분 좋게 웃음을 터뜨렸다.

"허허, 그렇구려."

광현 진인과 남궁창이 사이좋게 술잔을 교환하고 이를 지켜보는 정무맹주의 얼굴에 환한 웃음이 걸렸다.

그렇게 밤은 깊어만 갔다.

다음 날, 오후.

풍운(風雲)을 몰고 올 세 사람이 정무맹에 도착했다.

『장강삼협』 10권에 계속…

이제부터 전자책은

이젠북

www.ezenbook.co.kr

새로운 세계가 열린다!

서현 『조동길』　남운 『개방학사』　백연 『생사결』

목정균 『비뢰도』　좌백 『천마군림』　수담옥 『자객전서』

용대운 『천마부』　설봉 『도검무안』　임준욱 『붉은 해일』

진산 『하분, 용의 나라』　천중화 『그레이트 원』

이름만 들어도 황홀할 정도의 별들의 향연!

이들의 "유료연재"가 시작됩니다!

검색창에 **이젠북** 을 쳐보세요! ▼ 🔍

생존록
홍준성 퓨전 판타지 소설
FUSION FANTASTIC STORY
대한민국 평범한 청년 정우성.
어느날 합숙을 가려 집을 나섰는데,
휘이이잉-
"이, 이게 무슨……?"
눈앞에 펼쳐진 설원.
설원을 지나니 이번엔 밀림이?
보랏빛 행성이 하늘에 떠 있고 나무가 살아 움직인다.
"살아남아 반드시 지구로 돌아가리라!"
베인의 이계 생존록.
살아남기 위한 그의 처절한 노력이 시작된다.
Book Publishing CHUNGEORAM
유행이 아닌 자유추구 -
WWW.chungeoram.com

十萬
對敵劍
Fantastic Oriental Heroes

십만대적검

오채지
新무협 판타지 소설

개파 이래 한 번도 고수를 배출한 적 없는
오지의 산중문파 제종산문.

무려 십칠 대에 이르러서야 마침내 괴물 같은 녀석이 나타났다!
하지만 그는 세상사에 초연하기만 하고,
속 터진 사부는 천일유수행(千日流水行)을 핑계 삼아
제자를 산문 밖으로 내쫓는데……

『십만대적검』!

바깥세상이 궁금하지 않았던 청년 장개산의
박력 넘치는 강호주유기!

Book Publishing CHUNGEORAM